斯洛伐克
民间故事精选

[斯]克·达什科娃 选编

黄英尚 译

新华出版社

图书在版编目（CIP）数据

斯洛伐克民间故事精选 /（斯洛伐克）克·达什科娃选编；黄英尚译.
-- 北京：新华出版社，2020.9
ISBN 978-7-5166-5356-2

Ⅰ.①斯… Ⅱ.①克… ②黄… Ⅲ.①民间故事-作品集-斯洛伐克 Ⅳ.①I525.73

中国版本图书馆CIP数据核字(2020)第174784号

斯洛伐克民间故事精选

选　　编：[斯洛伐克]克·达什科娃	译　者：黄英尚
责任编辑：江文军　蒋旻歌	封面设计：李尘工作室

出版发行：新华出版社
地　　址：北京石景山区京原路8号　　邮　　编：100040
网　　址：http://www.xinhuanet.com/publish
经　　销：新华书店、新华出版社天猫旗舰店、京东旗舰店及各大网店
购书热线：010-63077122　　中国新闻书店购书热线：010-63072012

照　　排：六合方圆	
印　　刷：三河市君旺印务有限公司	
成品尺寸：130mm×185mm　1/32	字　　数：160千字
印　　张：9.625	彩　　插：32页
版　　次：2020年11月第一版	印　　次：2020年11月第一次印刷
书　　号：ISBN 978-7-5166-5356-2	
定　　价：58.60元	

版权专有，侵权必究。如有质量问题，请与出版社联系调换：010-63077124

Slovenské rozprávky

Vydavateľstvo; Q111a KASICO a. s.
Bratislava 1994
根据布拉迪斯拉发 Q111 出版社和 KASICO 公司 1994 年斯洛伐克文版译出

本书在斯洛伐克文学信息中心
斯文学对外传播部的赞助和斯造型艺术基金会马·本卡遗产管理委员会的支持下出版

This book has received a subsidy from SLOLIA
Information Centre for Slovak Literature in Bratislava
This book was issued also with the support
of the Commission for administration
of the inheritance of Martin Benka
Fund of Fine Arts in Bratislava

斯洛伐克共和国驻华大使馆荣幸地向中国的小朋友们介绍这本童话故事集，160年前，斯洛伐克民间流传下来的童话由民间文学收藏家帕沃·多步辛斯基整理成册。他笔下的故事精彩纷呈，源远流长，即使到今天也一样受孩子们喜爱，就如同上世纪甚至上上世纪他们的祖辈被这些故事吸引一样。

通过292页篇幅，29个精彩的斯洛伐克童话，孩子们可以和他们的英雄一起经历紧张而神秘的情节，在主人翁的奇幻世界中了解善与恶。

由斯洛伐克人民艺术家马丁·本卡创作的插画造就了这本书的特别，不仅仅营造了绝妙的，无以复加的氛围，还推进了通过这种经典的斯洛伐克民族文化遗产来展示斯洛伐克文学艺术方式。

特别感谢中国捷克斯洛伐克友谊农场为这本奇妙的童话书在发行方面提供的支持！

杜尚·贝拉大使

《三蒂玫瑰》

《金掌、金羽、金发》

《肮脏的掏灰工》

《女巫王后》

《三只鸽子》

译者的话

斯洛伐克位于欧洲的地理中心，喀尔巴阡山最高峰所在地塔特拉山山麓，多瑙河之滨，人口500多万。历史上斯洛伐克曾经是大摩拉维亚帝国（9世纪初—约907）的一个组成部分，后来沦于匈牙利的统治下达上千年之久，一战后又与捷克组成共同国家，直至1992年底解体。斯洛伐克山清水秀，风景如画，人民勤劳勇敢，能歌善舞，为争取独立自由进行过艰苦卓绝的斗争，在此沃土上开出了绚丽多彩的文艺之花。尽管斯书面语言到19世纪中叶才固定下来，其民间口头文学创作却是源远流长、异常丰富的。

早在1880—1883年，斯洛伐克民间文学创作的最著名的搜集者帕·多布欣斯基（1828—1885）就出版了迄今为止最大的斯洛伐克民间故事集。从那时以来，这些故事又不断再版，出多卷集或选集，许多画家为其作插图。这是斯洛伐克文化艺术的瑰宝，也是世界民间文学园地中的一朵奇葩。

本集中的29个童话故事是由克·达什科娃（办有出版社，编辑出版各种图书，并自己负责装帧和封面设计）根据少年儿童的特点选编、增删、复述和出版的。插图是由斯洛伐克人民艺术家、著名油画家马·本卡（1888—1971）绘制的，中译本选用其中的一部分。

这些故事在斯洛伐克可谓家喻户晓，妇孺皆知，在欧洲乃至世界也广为流传。据不完全统计，其中约一半左右被拍摄成影视作品，有些一而再、再而三地拍摄，有些由斯洛伐克和外国联合摄制。本选集是斯洛伐克最受欢迎的少儿读物之一，几乎成为每个有幼小子女的父母、幼儿园教师和少年儿童的必读之物。

本书故事题材广泛，内容丰富，是非分明，感情健康，情节曲折生动，人物性格鲜明，故事性很强，想象力奇特，既在情理之中，又常出人意外，读来引人入胜，令人爱不释手。故事把人们带进一个色彩斑斓的、奇异的童话世界。作者通过这些故事讴歌正直善良、勤劳俭朴、勇敢无畏、纯真爱情、互助友爱、热爱动物等优良品德，鞭笞凶暴残忍、贪得无厌、尔虞我诈、争权夺利、弄虚作假、损人利己等丑恶思想和行为。魔高一尺，道高一丈。正义必然战胜邪恶。作恶者最后都受到应得的惩罚，而落难者则总有个美好的结局。

你听说过国王为夺人之爱要杀少年反而被烹，尽管国王一再加害、伐木工的儿子还是成为其乘龙快婿，"掏灰工"出人意外夺得公主的金苹果并战胜妖龙，小兄妹烧死要把他们喂肥请客的老妖婆吗？你读到过妻子比身为法官的丈夫更会判案，不会纺纱的少女一夜之间学会纺金线，受尽后母虐待的"灰姑娘"最后成了王妃的故事吗？你见到过咸盐比金子还贵，大雪天山上还开花结果，吃梨长出长可及地的鼻子吗？你想了解国王怎么打听到公主虱皮鞋子的秘密从而惩罚并娶了她，力大无比的鬼如何帮助伐木工干活和劫富济贫，"千里眼"等怎么帮助王子战胜妖后和救出被下毒咒的公主吗？如果你对如此等等的奇人异事未闻未见而又想有所了解，你在本书中都可一饱眼福。

为便于读者理解，译者在个别地方加了注释。

在本书的翻译出版过程中，得到斯洛伐克文学信息中心、克·达什科娃女士、斯驻华大使彼·保伦、三等秘书伊·尼耶佩尔、维·比迪霍娃和新华出版社的大力支持协助，在此一并致以深切的谢意。

译者
2000年9月于北京

目　录
CONTENTS

译者的话 ··· 1
1 三蒂玫瑰 ··· 1
2 金掌、金羽、金发 ································ 7
3 脏脏的掏灰工 ······································ 26
4 女巫王后 ·· 45
5 三只鸽子 ·· 56
6 上天赐福，小桥 ··································· 75
7 十二个月的故事 ··································· 85
8 孤　儿 ··· 95
9 蜜饼小屋 ·· 102
10 坏哥哥 ·· 109
11 扬珂的宠物 ·· 117
12 老牧羊犬与狼 ····································· 128

13	风王的故事	132
14	拉杜兹和柳德米拉	138
15	三棵树	160
16	失踪的男孩	165
17	黑牧师	173
18	盐贵于金	181
19	女人的机智	191
20	黑猫	199
21	金纺女	208
22	红胡王与金发女	216
23	鬼当仆人	233
24	蛤蟆的教母	238
25	长鼻子	242
26	小船工与先知	254
27	戴讷讷	264
28	马太	276
29	维尔科与天堂的荣耀	288

1
三蒂玫瑰

有一个富商到海外遥远的国家去采购商品。

"亲爱的孩子们,告诉我,我该给你们带什么回来?"他在分手前,问自己的三个女儿。

两个大女儿马上说出要些什么:一个叫父亲带贵重的、用金丝织就的衣服,另一个叫带镶满宝石的金戒指。只有向来恬静、谦逊的小女儿,沉默不语。

"给你带什么?你只管告诉我!"父亲对小女儿说。

"啊,亲爱的父亲,"小女儿说,"只要上天让您活着健康从海上归来,这对我来说就够了。"

但是,她不说出她要带什么,父亲就不愿同她分手。

"好吧,既然我不说,您就不答应,"她最后说道,"如果您在那里能够看见一个枝头上长着三蒂玫瑰,您就把它们捎回来给我。"

两个姐姐嘲笑她要求从遥远的国家捎回在本地也可找到的东西;但父亲却应允了,于是同三个女儿告别。

商人在海外办事很顺利，装满贵重商品的几只木船把他送向故乡的海岸。他为两个大女儿买了礼物，不过他感到难过的是没给小女儿捎什么，因为尽管他在海外到处寻找，一枝三蒂的玫瑰哪儿也找不到。

当木船将近岸边，突然来了一场暴风，风卷巨浪，把木船连同货物一起打得粉碎，并将抓住木板的商人抛到岸上。

后来，他在黑夜的山中迷了路，靠着闪电，眼前才能看见一点路。最后，他走到一座古堡。

他走近古堡大门，以为在那里站岗的岗哨会阻挡他，但没人阻挡。他向侍卫走得更近些，看见他们都变成了化石。那个古堡里的一切也是如此，空无一人，都变成了化石。只有一个房间有灯光。他走进房间，那里有一张盖好桌布、供一人使用的桌子和一张铺好床单的床。忽然窗外有个声音说：

"这是为你准备的，吃个饱，喝个足，歇一歇！"商人环顾四周，看是谁说的，然而四处无人。这样，他就胆大起来，吃饱喝足，躺下睡觉。

当商人一觉醒来，太阳已高兴地从窗外往屋里瞧。桌子又被盖好桌布，他就吃了起来，随后去那个古堡里找人，以便表示谢意。但正如他昨天所看见的，那里一切都变成了化石。只是在古堡前，有一个美丽的、长满讨人喜欢的花卉的花园。他以为在那里可找到养护那些花的人，可是走遍整个花园，空无一人。就在他要走开时，看见一丛可爱的玫瑰，其中一个粗枝上长着三蒂小玫瑰，每蒂是个蓓蕾。

"啊，"他说，"这正是我小女儿要的三蒂玫瑰。我如果能回到家乡，至少小女儿所希望的可以实现。"他摘下了三蒂玫瑰。

这时，有个东西在他背后像打雷一样吼叫起来。他回头一看，吓得差点跌倒。在他的面前站着一只张开大嘴的大狗熊，把一只前掌放在他的肩上，并说：

"你怎么胆敢摘别人的花？"

被吓坏的商人结结巴巴地说明，他为什么摘那三蒂玫瑰。

"既然如此，"狗熊嘟囔道，"我就把你放了，但是你要答应我，过一个月把你的那个女儿带来给我做妻子。"

商人为了从狗熊的巨掌下摆脱出来，答应了。

商人历尽艰辛，回到了家乡。两个大女儿对父亲背过脸去，因为他回家像个乞丐，没给她们带回贵重的礼物，只有小女儿高兴地跑了出来，衷心欢迎他："谢谢您给我捎回玫瑰，可是我最感谢的是父亲您回来了。我们变穷了，这没什么，上天还会以某种方法帮助我们。"

亲爱的父亲看到大女儿没怎么瞧着他，又想到就要失去唯一亲他的小女儿，非常伤心。

"父亲，您哪儿不舒服？"小女儿看见父亲悲伤的样子，问道。

父亲对发生过的事情长时间隐瞒，因为他想，小女儿听到他把她许配给一只丑八怪，可能会吓死。但一个月的时间就要过去，他不得不说出真相，可是令他感到奇怪的是她没有被吓坏，她说：

"那也是上天创造的，我为什么不能嫁给它？说到底，这一切都是我的过错，是我要的那枝玫瑰。"

父亲略感放心，但那两个姐姐现在开始嘲笑妹妹了，说她为一枝毫无用处的玫瑰弄到这步田地。

不过，她对此并不介意。她作了些准备，就让父亲把她带到古堡。他同她在那里等了一两天，却不见狗熊出现，他不得不把她托付给上天。

父亲离开后，狗熊也没露面。在古堡里，虽然姑娘能想到的一切都自动地在做，然而四处空无一人。

第三天，她来到花园，在那些美丽的花朵中间散步，突然一声雷响，她的面前出现一只大狗熊。她的确是害怕了。可是狗熊和蔼地对她说：

"欢迎你，亲爱的。你将同我一起住在这里吗？"

"我为什么不住呢,"她说,"你也是上天创造的。"

狗熊活跃起来,对她非常亲切。它陪她逛花园,同她说话。但后来又打雷,它就消失了。从那时起,商人的小女儿每天在花园里同狗熊相会,不知怎么,就这样对它习惯了,以至总是这样在此地等着它。

有一天,狗熊没有来。她寻找它,呼唤它,但在那荒无人烟之地,只有山峰向她发出回声。这样过了一天、两天,姑娘开始非常想念它。第三天,她边自言自语地念叨它,边找遍每个角落。她开始在古堡里寻找,但一无所获。她来到花园,花朵低垂。她怀着不祥的预感,悲伤地走到初次同狗熊见面的地方。

她走近玫瑰,看见狗熊躺在地上不动、不呼吸。

"啊,我的金熊,你怎么啦?你醒醒,亲爱的。失去你,我怎么办?"

她对着它痛哭,最后在它的身上撒满玫瑰,准备走开。但又一想,又走了回来,热烈地与狗熊吻别。

不料经她一吻,顿时地动山摇,电闪雷鸣。她吓得闭上眼睛,等待着要发生的事情。可是什么也没发生。当一切平静下来的时候,她睁开双眼,看见自己面前站着一位英俊的年轻人。

"这是我,狗熊,亲爱的。"年轻人说。他告诉她,他是怎么被诅咒而变成狗熊的,他的仆人是怎么被诅咒而变成化石的,只有好姑娘的爱才能把他和他们解救出来。此后,古堡里被解救的人开始向他们聚拢过来,感谢姑娘的救命之恩。

后来,她与年轻人在古堡里举行了婚礼,庆祝活动持续了很长、很长时间。

2
金掌、金羽、金发

一个农民有十二个儿子。对那些大儿子来说,那个最小的儿子似乎不是弟弟,他们从不这样称呼他。

一次,十二个儿子同时外出做工。他们找到一个国王,向他鞠躬并说:

"国王陛下,您愿意要我们为您效劳吗?""为什么不呢?"国王把他们逐个上下打量以后说,"不过你们要好好干!"

兄弟们为国王做了一年工,工期一到,国王问他们:

"喏,年轻人,你们要什么报酬?"

"国王陛下!请您给我们每人一头公牛!"

"好吧,"国王说,"牛群在那边,你们每人自己挑一头。"

他们从牛群里挑选了十二头健壮的公牛,就这样回到家里。

"快去,"大哥哥对最小的弟弟说,"叫父亲出来!"

父亲走到院子里，看见十二头健壮的公牛。

"喏，"他说，"你们干得好，我对此感到满意！"

过一段时间，所有十二个兄弟又动身了，说要去做工。他们又找到那个国王。

"国王陛下，您是否愿意要我们再次为您效劳？"

"为什么不愿意，"国王说，"你们尽管好好干。"

兄弟们又做了一年工，一年的时间一到，国王就像上次一样问他们，要什么报酬。

"国王陛下，请您给我们每人一头母牛！"年轻人要求说。

"好吧，"国王说，"牛群在那边，你们自己挑，谁喜欢哪头就挑哪头。"

他们走进牛群，一共挑选了十二头健壮的母牛，然后回家。他们一回到家，大哥哥就对最小的弟弟说：

"快去，把父亲叫出来！"

父亲走到庭院，很喜欢这十二头母牛，夸奖了儿子。

这样，他们就有十二头公牛和十二头母牛，但是他们还想再挣点什么，于是十二个兄弟就又外出做工，走到那个相识的国王那里，停了下来。

"国王陛下！我们愿意再次为您效劳！"

"我不反对，"国王说，"你们已经好好为我做了两回工，再干第三次吧！"

他们又做了一年工，工期一过，国王就问他们："我现在给你们什么作报酬呢？"

"国王陛下！请您给我们每人一匹马！"

"好吧，"国王说，"马群在那边，你们自己挑。

十一个大哥哥同时挑选了最漂亮的马，但那个最小的弟弟只在马群中徘徊，而不挑选。他差点未挑一匹就要走，可是就在这时他发觉，不远处放牧着一匹不大的马，那匹小马对他说：

"扬科，把我带走，我将永远好好帮助你。当我们走到国王那里，不论他要给你一副多么漂亮的马鞍，你都别要，你只要已放在阁楼上七年的那副。"

小马怎么说，扬科真的就怎么做。

他们出城时，扬科的哥哥已跑到前面五里的地方，小马问扬科：

"扬科，我们怎么走？像太阳或像风一样？"

"要这么走，小马，你我都要平安抵达。"扬科第三次重复说。

小马抖了抖身子，这样一来它自己以及扬科都变成铜色的。

哥哥到达一个小饭馆时，发现扬科已坐在桌子旁。

"是不是魔鬼把你带来了？"他们难听地骂他。

"问题不在我，"扬科说，"我顺着道路慢慢走，但是谁知你们在哪游逛!"

他们又骂他:

"住嘴,你这个笨蛋,假如你同我们一起走,也能看见王子骑着铜色骏马飞奔。"

扬科对此不再多说什么。

他们走出小饭馆时,哥哥已在前面老远。小马问扬科:

"扬科,我们怎么走?像太阳或像风?"

"要这么走,小马,你我都要平安抵达。"

小马抖一抖,这样一来它自己以及扬科都变成银色的。扬科超过自己的哥哥,又停在一家小饭馆。

哥哥走进小饭馆时,扬科已坐在桌子旁。

"难道又是那些魔鬼把你带到这里来吗?"他们难听地骂他。

"问题不在我,我沿着道路慢慢走,但是谁知你们撞到哪些路上去!"

"住嘴,你这个粗鄙的家伙,"哥哥骂他,"你本可以同我们一起走,能看见银色王子骑着银色骏马飞奔。"

扬科不再多说一句话。

兄弟们离开小饭馆,那十一个哥哥又跑到前面。在小饭馆后面,小马问扬科:

"扬科,我们怎么走?像太阳或像风?"

"要这么走,小马,你我都要平安抵达。"扬科第三次重复说。

小马抖了抖,两者都变成金色的。

哥哥回家时,见扬科已坐在炉前。

"你比我们先到家,是不是鬼把你带回来的?"哥哥生气地说。

"问题不在我,我顺着蜿蜒的道路慢慢走,但是谁知你们逛到哪里去!"

哥哥骂他:

"住口,你这个愚蠢的脑袋瓜。假如你同我们一起走,可看见金色王子骑着金色骏马飞奔。"

扬科沉默不语,他的确也怕说出点什么。

父亲从地里回来时,夸奖哥哥带回漂亮的马,但是对扬科带回那匹瘦小的马,只摆了一下手而已。

第二天,儿子们围着父亲,对他说:

"父亲,我们已经挣得够多了,现在我们想要娶媳妇。不过我们商量好了,既然我们十二个兄弟是一父所生,您应当给我们找一母所生的十二个姐妹。"

他们替父亲给马套上鞍,父亲骑上马,去找儿媳妇。

他在路上走着,看见一个老太婆用六匹母马在耕地。

"您好,老嫂子,您听说过哪儿有一位母亲有十二个闺女吗?"他问道。

老太婆对他说，只要他再走一小段路，就可看见那里有座房子，在房子里可找到十二位姑娘。

农民一走，老太婆就甩起鞭子打马，立刻跑到她叫农民去找的那座房子里，因为这是她的房子，她这个妖婆有十二个女儿。

农民过了片刻来到那座房子，女主人在那里非常亲切地接待他。

"我听说，你有十二个女儿，"在他们互相问候时，农民说，"我想见见她们。"

妖婆跑到马圈里去，用鞭子逐只抽打母马，立即变出十二个姑娘。

"走，你们这些劣马，"老太婆像叫马一样叫她们。"你们的求婚者来了。"她们一个接一个，从最大到最小排好队，走到房间里去。

父亲喜欢这些姑娘，并马上就同女主人商量，什么时候举行婚礼。

在商定的那一天，兄弟们给马套上鞍，同父亲一起去找未婚妻。

当他们走近要举行婚礼的房子时，小神马对扬科说：

"她们将让你坐中间。但是，你只能坐在边上。你就推托说，你是最小的，必须看着马匹。我一敲门，你就往外走！

她们请你喝一杯葡萄酒,你就把酒洒在桌子底下,并赶快把玻璃杯藏在口袋里!"

扬科走进房间,一切按照小马告诉他的话做。然后小马敲门,扬科走出来。这时小马对他说:

"现在她们要请你们喝汤。但是你要把用汤匙舀的第一勺汤,泼在桌子底下。它将变出一把刷子,你就把刷子拿了,藏在口袋里!"

小马第三次敲门、扬科往外走时,小马对他说:

"你一回到桌旁,她们将给你们端上烤肉。但是你要把第一块烤肉连同叉子一起,扔到桌子底下。叉子将变成梳子。老太婆弯腰捡叉子,要把它递给你,但是你要赶在她的前面,巧妙地把梳子藏在口袋里!以后你就大胆地吃!"

扬科回到屋里,一切按照小马说的做。当所有的人都吃饱喝足,就逐渐躺下睡觉。兄弟们睡在一个房间,姑娘们睡在另一个房间,过了一会儿,妖婆也躺下了。这时,小马又敲扬科的门。扬科走出门外,小马对他说:

"你把哥哥搬到姑娘的床上,把姑娘放到哥哥睡觉的地方。但是,别搞错,你自己也换个地方躺下!"

扬科刚刚把哥哥搬走,妖婆就走进兄弟们晚上躺下睡觉的房间,用剑砍掉躺着的人的头。她以为,砍掉的是那些小伙子的头。她为得到十二个灵魂而感到高兴,就去睡觉。

小马敲扬科的门,扬科走出门外,小马对他说:"把哥哥叫醒,叫他们给马套上鞍,并且离开房子,你等着关门。"

哥哥们起床了,给马套上了鞍,尽快飞跑。扬科关了门,骑上小马,当他们飞到云层下面,他叫道:

"老太婆,老太婆,你杀了自己的闺女了。谢谢您请我们吃了晚饭!"

妖婆突然从梦中醒来,朝闺女跑去,看见所发生的事。她骑上铁锹,开始追赶兄弟们。但他们已在遥远的地方。

"等着瞧!"妖婆嘟囔道,"我要挡住你们!"她把一个金马掌扔到路上。

"小马,小马,"扬科说,"路上有个金马掌,我该把它捡起来吗?"

小马对他说:

"你捡起来,就糟了,你不捡,那更糟!"

扬科跳下马,捡起马掌,但他看到,妖婆已快赶上他们。

"扬科,"小马叫道,"向后扔梳子!"

扬科扔了梳子,在他们背后冒出一座森林茂密的山。在妖婆翻山越岭时,他们又走了很远一段路程。

"等着瞧,我要抓住你!"妖婆威胁说,她把一片金羽毛扔到他们走的路上。

"小马，小马，"扬科说，"路上有片金羽毛。我该把它捡起来吗？"

小马对他说：

"你捡起来，就糟了，你不捡，那更糟！"

扬科跳下马，捡起羽毛。妖婆又快赶上他们，用热气烘烤小马的尾巴。

"扬科，"小马叫道，"把刷子扔到地上！"

扬科扔了刷子，刷子变成一片长满利刺的荆棘。在妖婆穿过荆棘时，他们又走出老远。

"你跑不掉！"老太婆威胁说，她把一根金头发扔到路上。

"小马，小马，路上有根金头发，我该把它捡起来吗？"扬科问。

"你如果捡起来，那就糟了，如果不捡，那就更糟！"

扬科捡起金发，但因此而耗费了许多时间，妖婆已快抓住小马的尾巴。

"扬科，"小马叫道，"赶快向后抛玻璃杯！"

扬科抛了玻璃杯，在他们背后形成一个大海。妖婆的魔力已达不到海的另一边，这样，所有的人都幸运地回到家。哥哥因扬科救了他们，免于一死，而感到高兴，扬科一下子成为每个人的小弟弟。但扬科记得，他们不久前还骂他,从不叫他弟弟。所以,他离开父亲和哥哥,给小马套上鞍,自己去找活干。

扬科同小马一起走着,在地平线上看见一座城市。

"扬科,"小马说,"在那座城市里住着一位国王,你可问他要不要你给他干活。如果他招收你,你就努力好好干。假如你缺什么,你只管对我说,我一定会帮助你!"

他们走近城市时,小马抖了抖,立刻变成一匹瘦骨嶙峋、就要散架的小马,好像多少年来谁也不给它梳毛似的。

然后扬科走到国王那里,向他鞠躬并说:

"国王陛下,您愿意要我为您效劳吗?"

"你来得正好,小伙子,"国王说,"我正好缺一个男仆。"

他叫他照料十二匹马,第十三匹小马站在角落里。

在那里照料马匹的其他仆人,每个星期点一磅蜡烛,但扬科不点什么,尽管如此,他的马是最漂亮的。国王既感到奇怪,又骂别的仆人点许多蜡烛,同时对马匹也照料得不好。

"等着瞧吧,"感到不快的仆人说,"我们必须搞清楚,这里面有什么问题。"

就在当天晚上,他们透过木板之间的缝隙看见,给

在马匹旁边的扬科照亮的是金马掌。他们不必再查了。早上,他们立刻去找国王:

"国王陛下!我们已经知道,他为什么不点蜡烛。他有个金马掌,给他发出亮光。"

当然,国王一听到这话,立即下令把扬科叫来,对他说道:

"你有怎样的马掌?马上把它拿到这里来,不然我就下令把你杀了。"

扬科走进马圈,搂着小马,哭着对它说:

"唉,小马,国王对我说,如果我不把金马掌给他,他就下令杀我。"

小马就此谈道:

"别难过,扬科、把马掌给他!"

扬科把马掌带给国王,相信自己已经没事,但国王又问他:

"你这个马掌是从哪里来的?"

"我是在路上捡的!"扬科说的是真话。

国王一会儿看着仆人,一会儿看着马掌,最后说:"你是捡到的。但是,现在你好好听着我要对你说的话。如果你不把掉下这个马掌的那匹马牵来给我,你将被砍头。但如果你把它牵来,你可得到许多钱。"

扬科回到马圈,立刻去找小马:

"唉，小马，国王要了马掌还不够，还要钉了马掌的那匹马。不然的话，他说，我将被砍头。"

"喏，你别这么难过，"小马就此说道，"好好喂我。明天我们就出发。"

天亮时，他们就上路。他们飞越群山，飞越谷地。夜幕降临地面时，他们走到妖婆的房前。小马停下说："已经到了，扬科，我们来得正好。妖婆在睡觉，那匹马在马圈里。你悄悄走进去，把妖婆压在枕头底下的钥匙慢慢取出来，把她放在身边的剑扔到墙角，打开马圈，把那匹马牵到这里来！不过你要非常注意，动作要快！"

扬科毫发不差地按照小马对他所说的一切做。他从枕头底下取出钥匙，把剑扔到墙角，打开马圈，把金马解开并牵到小马处。

"骑上来，"小马说，"使劲揪住马匹！"

扬科骑上小马，当他们飞到云层下面，他叫道："老太婆，老太婆，你把自己的女儿杀了，现在我们把你的金马牵走！"

妖婆跳起来，伸手取剑，但哪儿也没有。她还在各个角落里找剑，扬科同小马一起已飞越三座山。只有当他们已到达海边，才看见妖婆远远落在他们后头，骑着铁锹在飞。

但在海的另一边，妖婆已力不从心了，她不得不回去，扬科给国王牵来了金马。

国王非常喜欢那匹马,下令为它修建单独的马圈。他夸奖扬科,但对答应要给他许多钱的事却忘记了。扬科因国王这么容易就把他打发了,而感到难过,想提醒国王要记住自己的诺言,但小马对他说:

"就让他这样吧,你要有耐心!"

扬科以后又照料十二匹马,小马算第十三匹,站在角落里。但其他的养马人盯着他,因为他现在也不用蜡烛,他的马又是最与众不同的。

国王对此感到非常奇怪,骂其他的仆人:

"你们干的是什么活?扬科已经没有金马掌,然而他的马还是最漂亮的,而且你们点这么多蜡烛!"

"国王陛下!"养马人对他说,"他要蜡烛干什么,他有片金羽毛,用它来照明。"

国王听到这话,立刻下令把扬科叫来。

"我听说,你有片金羽毛。马上把它拿来给我,不然刽子手就有活干了!"

扬科走进马圈,抱着小马,难过地说:

"唉,小马,我又倒霉了。国王对我说,如果我不给他金羽毛,他就把我交给刽子手。"

小马就此说道:

"别难过,扬科,把羽毛给他!"

扬科把金羽毛带给国王,国王一会儿看着仆人,一会儿看着羽毛,最后发话:

"你给我牵来了金马,但是你现在必须把掉下这片羽毛的那只鸭子也给我带来。如果你做到这点,你可得到半个王国,但如果你做不到,我就叫人把你宰了。"扬科回到马圈,他真的又哭了:

"唉,小马,"他对小马说,"国王要了羽毛还不够,还要掉下羽毛的那只鸭子。如果我不把鸭子带来给他,他就要叫人把我宰了,如果我给他带来鸭子,据说我可得到半个王国。"

"喏,你别这么难过!把我喂饱喂好,我们明天就出发!"

天亮时,他们就又上路。他们飞越群山,飞越谷地,又走到妖婆的房前,那时天已完全黑了。

"已经到了,扬科,"小马说,"我们正好赶到。妖婆睡得正死。那只鸭子在第二个房间的金笼里孵十二个鸭蛋。你悄悄走进去,但是你要非常小心,不要把老太婆弄醒,因为她现在把钥匙藏在裤腰带后头!你慢慢把她的钥匙取出,把放在她身边的剑折成两段,把它们扔到院子里,把房间打开,再把鸭子连同鸭窝和笼子一起带来!不过你要小心,行动要快!"

扬科毫发不差地照此做了一切:从妖婆的裤腰带后

头取出钥匙,把剑折断并抛到院子里,打开房间,提起鸭笼,把它带到小马跟前。

"骑上来,"小马说,"好好拿着鸭笼!"

扬科骑上小马,当他们飞到云层下面,他叫道:"老太婆,老太婆,你把自己的女儿杀了,我们现在带走你的金鸭。"

妖婆跳起来,想要拿剑,但剑不在身边。当她到院子里,把折断的剑捡起来,又跑去找铁匠,叫他把剑接好,扬科同小马和鸭子起飞到海边,妖婆的魔力达不到海的另一边。

国王非常喜欢鸭子和金鸭蛋,把鸭笼挂在床上。他夸奖扬科,拍拍他的肩膀,但对答应要给他半个王国,却忘记了。

这使扬科更难过,但小马安慰他:

"你别烦恼了,要有耐心。"

就像往常一样,扬科仍然继续照料12匹马,第13匹小马站在角落里。他又不点蜡烛,然而他的马还是最与众不同的。国王又骂其他仆人,他们又对国王说:

"国王陛下,蜡烛对他有什么用,他有根金头发!"国王一听到这话,马上就下令把扬科叫来。

"马夫对我说,你有根金头发。立刻给我把它带到这里来,不然的话,我就叫人把你大卸四块。"

扬科走进马圈，依偎在小马身上，难过地说：

"唉，小马，国王对我说，如果我不给他金头发，他就叫人把我大卸四块！"

小马对此说道：

"别难过，扬科，把金头发给他！"

这样，扬科就把金头发带给国王。国王一会儿瞧着仆人，一会儿瞧着头发，最后说：

"你给我牵来了金马，金鸭我也已经有了，但是你现在必须给我带来掉下这根金发的那位女子。如果你能做到这点，我就把整个王国都给你，但如果你做不到，你就倒霉，你将被处以绞刑！"

扬科回到马圈，哭着说：

"唉，小马，国王要了金发还不够，还要那位掉发的女子。如果我不能把女子带来给他，我将被绞死。""喏，你别这么难过。把我喂饱喂好，我们明天就出发。"

天亮时，他们就又上路。他们飞越群山，飞越谷地，天黑得伸手不见五指时，他们走到妖婆房前。

"已经到了，扬科，"小马说，"我们正好赶到。谢天谢地，妖婆又在睡觉，金发姑娘在第三个房间里。你悄悄走进去，取妖婆的钥匙。但是，要拿到钥匙是不容易的，因为妖婆现在用牙齿咬着钥匙，假如她醒了，我们就倒霉了。等你弄到钥匙，再把剑折断并抛出窗外。

然后，你打开第三个房间的门，金发姑娘就会心怀感激地跟你走。但是，我要对你说：你不许吻她，不然你我就会落到非常糟糕的地步。你做的时候，一定要不出声、小心和机灵！"

扬科毫发不差地照此做了一切：他悄悄从妖婆的牙齿中间取出钥匙，把剑折断并抛出窗外，去打开第三个房间，金发女郎像太阳一样放射光芒，灿烂地对他发出微笑。噢，扬科差点儿吻了她！但他清醒过来，拉着她的右手，把她带到小马跟前。

"你是个男子汉，扬科，"小马说，"现在你们俩都骑上来！"

金发姑娘和扬科骑上马，当他们飞到云层下面，扬科叫道：

"老太婆，老太婆，我们现在把你的金发闺女带走！"

妖婆跳起来，想要拿剑，但剑不知哪里去了。当她到街上捡折断的剑，又叫人把它接好，小马同扬科和金发姑娘一起已飞到海边，妖婆已无能为力。

妖婆看到这种情况，在他们背后破口大骂，气得咬牙切齿。

这样，小马就同扬科和金发姑娘一起，幸运地飞回家里。

国王立即扑向金发女郎，说要娶她为妻。但金发女郎对此根本不愿意,并勇敢地宣布,她只嫁给解救她的人。国王围着她团团转,软硬兼施,一切都白费劲,她主意已定。

国王既气又恨,突然心生一计:他要把扬科杀了,这样一来姑娘便非他莫属。他只让扬科选择,他想通过怎样的死法离开人间。扬科了解到这个情况,立刻跑到马圈找小马。

"唉,小马,这都是我自己罪有应得!国王叫人转告我,我必须死,我自己只能选择死法。"

"这不是在开玩笑,"小马说,"但是你等一等,对此我们也有办法。你要求他们把从国王淘金的小河里打来的水,倒进大锅烧开,并说你要跳进那锅开水里。但是,你同时请求他们把我牵到你跟前来,说你还要同我告别。"

第二天,国王下令把扬科叫来。

"怎么样?你已经考虑好了吗?"

"既然我必须死,"扬科对他答道,"您就烧金砂河的水,水开了,我就往里跳。"

他们按照扬科的意愿做,水也已经开始烧。这时,伤心的扬科说:

"我对你们还有一事相求:请你们把我的小马牵到这里来,使我能同它告别。"

"你们把小马给他牵来。"国王说,仆人也这么做了。

当水烧开而咕嘟咕嘟直响时,扬科跳进锅里,但小马一口气把水中的全部热量都吸入自己的体内,小伙子不仅仍然活着,而且突然全身都变成金色的。

国王看到此情此景,当然也想变得这么漂亮,全身都变成金色的。他把扬科赶出锅外,自己跳进锅里。这时,小马一口气把全部热量都吐到水里,专横的国王落了个扬科本来应当落的下场。

扬科后来当了国王,金发女郎当了王后,小马还是他们忠实的小神马。

3
肮脏的掏灰工

从前有个老国王,他有三个儿子和三个女儿。儿子长得健壮英俊,姑娘一个比一个漂亮。只有一点不好,两个大儿子根本不听父亲的话,对他不尊敬。

随着孩子逐渐长大成人,可怜的老人身体一天天衰弱下去。当他看到,死亡的时辰已经临近,他吩咐把儿子和女儿叫来,同他们最后再谈一次。"我的孩子,"他说,"我的末日已经到了,我们不得不分手。我死以后,你们要叫人把我好好安葬,我对你们还有一事相求:你们要到我的墓上哭三夜。第一个晚上,大儿子同大女儿一起去,第二个晚上老二去,第三个晚上小三去。"

儿子和女儿跪在病榻的四周,父亲为他们祝福,安祥地闭上双眼死了。

第三天,举行隆重的葬礼,随后举行盛大的丧宴。夜晚慢慢降临,大哥同大姐一起动身去父亲墓上的时刻到了。但是,大哥不愿意去。一方面,他不大喜欢父亲。

另一方面，对他的坟墓感到害怕，特别是在晚上。

所以，他开始说服两个弟弟，要其中的一个替他去。二哥也不愿意去，但小弟弟不用长时间说服，就把大姐叫来，同她一起走了。

小弟弟和大姐在父亲的墓上哭泣，半夜呼呼刮起大风，小弟弟还没反应过来，就有一架风火车从旁边飞过去，有人用车把大姐掠走。

在这期间，他的两个哥哥无忧无虑地在吃喝玩乐。只有早晨小弟弟自个儿回家时，他们才从老远的地方叫他，并问把大姐拉到什么地方。

"今天晚上轮到你们，"他说，"在父亲的墓上，你们就能得到答案。"

但两个哥哥不怎么听，还是整天大吃大喝。到太阳下山、黑夜来临，二哥的心开始怕得发抖，因为他也不喜欢听父亲的话，害怕到他的墓上去。

"我全身疼、难受，"他开始推托和说服小弟弟替他去。

小弟弟最后让他说服了，同二姐一起到墓地去。小弟弟和二姐在父亲的墓上哭泣，午夜突然又刮起大风，风火车从旁边飞过，小弟弟只剩独自一人。

他不快地回到家里，他的两个哥哥在吃过昨天的宴会以后，还舒服地躺在柔软的鸭绒被窝里。他们问他把二姐拉到什么地方，他什么也不说，只难过地、心事重重地坐了一整天，直到夜晚临近。

"我应不应当到那个墓上去？"他在考虑。"啊，上天保佑。既然我替两个哥哥听了父亲的话，我自己也听他的话吧！"

这样，他就把三姐叫来，一起到父亲的墓上去哭。前两天夜里发生的事，现在他也在劫难逃。风火车半夜飞来，有人从车上抓走他的三姐。

他的确不知怎么办。在家里，等待着他的不是别的，只是哥哥同他争吵、对他责骂，他最后考虑不回家，到世界各地寻找姐姐。但在他已经要出发时，父亲出现在他面前并对他说：

"我的儿子，前面所发生的事，还不是你必须忍受的一切。你是唯一值得我叫作儿子的人，因为只有你执行了我的遗嘱，这样你将得到本来应由你们三人平分的一切。我给你三支笛子，一支是铜的，另一支是银的，第三支是金的。你吹什么颜色的笛子，就可得到什么颜色的衣服，什么颜色的马就会在你面前出现。你要好好保管这些笛子，使用它们要理智。但愿上苍为你祝福，让你在世上过得幸福！"

他一说完这些话，就消散在黑暗中，直到完全消失。

小弟弟把笛子保存起来，回到家里。两个哥哥在这期间已经商量好,最好把他从世上除掉。不是因为他丢了三个姐妹,而是因为他比他们勇敢大胆,他们要独吞遗产。不错,他们从三个姐妹到底到哪里去的问题开始发难。

"你这个毫无用处的废物,我们亲爱的姐妹到哪里去了?"他们骂他。"我们现在要叫人把你杀了,就像你毁了我们的姐妹一样。如果我们送给你一条命,你别想要遗产。"

"如果你们饶我一命,"小弟弟说,"我愿意给你们当掏炉灰的工人。"

"你给自己宣布怎样的判决,就有怎样的权利!"大哥对此答道。

这样,国王的儿子就成了掏灰工,在城堡里擦洗炉灶,掏炉灰。

邻国的国王有一个独生女,是个美女,漂亮得远近无人可比。很多少爷都向她求婚,但她不愿嫁给其中的任何一个。年老的国王早就想把她嫁出去,反复考虑怎么办,直到最后她自己说了话:

"亲爱的父亲,我已经知道,我们该怎么办!"

"怎么办,我的女儿?"

"在城堡最高的塔上有个回廊。我就站在那里,手中拿着金苹果。谁能骑马往上跳到我那儿，夺取我手里的那个苹果，我就心甘情愿跟他走。"

老国王喜欢公主想出的主意，立刻叫人到邻近国家宣布，请王子、贵族、骑士及所有富有的年轻人和尊贵的少爷到城堡来，说在那里要举行向公主本人求婚的骑马跳高比赛。

有关消息也传到掏灰工哥哥的耳朵里。他们马上开始做准备工作。仆人跑到商人那里，买用银丝和金丝织就的料子，跑到裁缝那里，请他们用这些料子缝制华服，又跑到制革匠那里，请他们制作用黄金和钻石装饰的笼头和马鞍。养马人则挑选马匹，不断给它们梳理。掏灰工看到这种情况时想到，这一切是什么意思。也许要举行宴会？但那就要在火炉上烤肉。或者要打仗？但如果是那样的话，男子汉就要磨马刀！于是，他就去找厨师，因为厨师对一切消息向来了如指掌，他问厨师：

"在庭院和整个宫殿里为什么这么忙乱？"

"嘿，小弟弟！邻国的国王有个美丽的女儿要出嫁，她只愿嫁给骑马跳到她站的高塔回廊那儿、从她手里夺得金苹果的人。我们的少爷很想娶她，所以到处这么忙乱。

掏灰工心里笑了笑，因为他很清楚，公主将是谁的，但他什么也没说。直到他的两个哥哥已拐到弯路上，他才偷偷走出来，洗脸梳头，吹起铜笛。在他的面前顿时

冒出一匹铜马,掏灰工在马鞍上的袋子里找到一套铜色的服装,迅速穿上。他骑上马并且拍了拍它,对它说:

"小马,我们走到两个哥哥的旁边时,你要用前蹄在他们每人的后背上打个印记,让他们对此行有个纪念。"

神马对此嘶叫了一下,以示同意,他们就飞奔起来。过了片刻,他们追上两个哥哥,铜马就像在信上盖章一样,在他们每人的后背上打个马掌的印记。

在京城里,已有许多穿着盛装的尊贵的少爷。他们上下逡巡,观测高塔。接着,公主下达指示,比赛就开始了。求婚者跳了又跳,其中也有掏灰工的两个哥哥。但是,确实谁也跳不到上面。这时,不知从哪里跑来一个骑着铜马穿着铜色服装的骑士。铜马一蹦,像鸟一样轻快地向上飞起。铜色骑手夺得公主手中的金苹果,转过身,像来时一样,骑着马消失不见了。

当两个哥哥回到家时,掏灰工已经在干活。他们对他说:

"嘿,掏灰工,你这个丑八怪,假如你到我们去的地方,你就能看到世界上最与众不同的骑士。"

"天哪,算了吧,"掏灰工说道,"我在这里也挺好。但是,你们后背上是什么印记?"

两个哥哥因生气和感到耻辱而脸红,不再吱声。邻国的国王等待了一段时间,盼望夺得金苹果的铜色骑士会回来找公主，但他没有露面。因此，国王叫人再次宣布要举行比赛，谁从公主的手中夺取金梨，就可以娶她为妻。

掏灰工的两个哥哥听到这个情况，宫廷里的一切立刻又忙乱起来。商人、裁缝和制革匠轮流到那里，养马人又挑选马匹，不断给它们梳理。掏灰工又问厨师：

"又准备干什么？"

"哈，小弟弟，"厨师说，"邻国国王美丽的女儿嫁给夺得金苹果的铜色骑士，可是那骑士不上门。那个邻国的国王命人向全世界宣布，他这回要将公主许配给从她的手里夺得金梨的人。我们的少爷也要去碰碰运气。"

可爱的掏灰工心里笑了笑，因为他很清楚，公主将是谁的。但他什么也没说。直到两个哥哥走出挺远一段路，他才秘密走出宫廷，吹起银笛，迎来银马，穿上银色的服装。然后，他骑上马并拍了拍它：

"嘿，小马，我们走到两个哥哥的旁边时，你要用后蹄在他们的胸部打上印记，让他们对此行有个纪念！"银马嘶叫了一下，以表同意，并按掏灰工对他说的做。

转瞬间，他们就到达京城，在那里，骑士们早已在努力争取跳到手拿金梨的公主那里，但都白费力气。当骑着银马银光闪烁的骑士出现时，所有目光都集中到他身上。他只稍微磕了一下马，就像鸟一样向上飞起，夺得公主手中的金梨。然后,转身消失在远方。

两个哥哥回来时,他已在角落里扒拉炉火多时。他们又骂他:

"嘿,掏灰工,你这个丑八怪,假如你到我们去的地方,你就能看到银色骑士。"

"天哪,算了吧,"掏灰工从角落里答道,我没看"见你们的银色骑士也挺好。但是,你们胸部是什么印记?"

两个哥哥因生气和感到耻辱而涨红了脸,无话可说。

国王和公主又只能等着,希望夺得金梨的银色骑士会露面,但时光流逝,银色骑士却杳无音信。因此,国王又催促女儿,要她快点出嫁。

"喏,父亲,"公主有一回说,因为她只想念着那个传奇般的骑手,"我们还可以这么试一试:您叫人在院里修建一个高大的宝座,我坐在上面,谁能跳到宝座上吻我,我就心甘情愿跟他走。"

这样,国王就下令修建一个高高的宝座并宣布,将再次举行比赛,这次是在院里高大的宝座前举行。

掏灰工的两个哥哥一听到这个消息,立即开始做准备工作,说这回也要去碰碰运气。

"我们这里又在干什么?"掏灰工问厨师。

"好啦,小弟弟,"厨师对此说道,"因为夺得金梨的银色骑士不照面,那个国王叫人在院内修建了一个高高的宝座,公主将坐在上面。谁能骑马跳到那个宝座上吻她,就可以娶她为妻。"

掏灰工心里笑了笑,因为他很清楚,公主将是谁的,但他什么也没说。

直到他的两个哥哥已到达离目的地不远的地方,他才偷偷走出宫廷,洗脸梳头,吹起金笛。在他的面前,突然站着一匹长有漂亮的金鬃的金马。他穿上金色的服装,骑上马,对它拍了拍并说:

"小马,我们走到两个哥哥的旁边时,你要在他们的前额打上马掌的印记,让他们对此行有个纪念。"

金马实现了自己主人的愿望,他们就到达城里。那里有许多漂亮的骏马和身着盛装的少爷,但当他们看见金光闪闪的骑士骑着金鬃在风中飘舞的金马走来时,所有的人都立刻为他让路。

金马轻轻地在院内跑了两圈,第三圈腾空而起飞到宝座前面,骑士的双唇碰到公主光滑细嫩的脸颊。就在这一刹那,一个上了年纪的女预言者从王子的背后把一个花环抛到他的头上,这个花环具有魔力,除了预言者本人以外,谁也不能把它摘下来。

金马一跳就跳到地上,再跳已跳到回家路上挺远的地方。金色骑士又变成掏灰工,坐到位于墙角的炉子前面。不过他的头上还戴着花环,怎么也摘不下来。为了让两个哥哥看不见他的那个花环,他往自己的头上撒炉灰,躲在角落里默不作声。

过了片刻,两个哥哥回来了,又刺他:

"嘿,掏灰工,你这个丑八怪,假如你到我们去的地方,你就能看到骑着金马的金色骑士。"

"天哪,算了吧,"掏灰工答道,"我没有看见他,什么也没有损失,我在这里也挺好。但是,你们前额上是什么印记?"

他们因生气和感到耻辱而涨红了脸并感到奇怪,掏灰工从哪里知道这些印记。

金色骑士一消失,邻国的国王就向四面八方派出使者找他,因为现在可根据那个花环认出他,使者分赴各方,在各地仔细寻访,最后来到掏灰工的两个哥哥那里。

"我们是从至高无上的国王那里来的,"一个使者自报家门说,"我们在寻找头上有个金花环的金色骑士,只有他一人向上跳到高高的宝座那里,吻了公主。我们给你们带来国王的问候和请求,请你们允许我们好好看看每一个人,不管是主人,还是最后一个仆人。"

使者看了又看,但没有找到戴花环的人。他们已灰心丧气地开始离开,其中一人突然发现了呆在角落里的掏灰工。

"请你们再稍微等一等,"他说,"这一个我们还没有看!"

"唉,"两个哥哥答道,"在掏灰工的身上,除了肮脏污垢以外,你们还能找到什么东西?"

"噢,不是这样,"使者说,"我国国王命令我们,就是对路上的最后一个乞丐也不能疏忽。"

使者一开始把掏灰工从角落里拽出来,从他的衬衫下就掉出金苹果和金梨,他的头上还戴着他们找了很久但没有找到的金花环。

两个哥哥咬牙切齿,而使者则高兴极了,向掏灰工深深鞠躬,要把他带走。但掏灰工跑出门外,吹起金笛,跳上金马,在他们感到惊奇、还没有回过神来时,他已到达自己的未婚妻身边。小伙子喜欢姑娘,姑娘也喜欢小伙子,国王以及全体仆役都对美好的一对感到高兴。

婚礼也是美好的,所有的人都参加了丰盛的宴会,热闹了好多昼夜。

结婚以后,年轻的一对有一段时间过着平静的生活。寂静的晚上,王子对妻子讲自己的父亲、三个丢失的姐姐以及两个还活着的哥哥,年轻的王妃想认识他们,到他父亲的墓上去祭奠。

"亲爱的父亲,"她开始请求道,"您让我们去吧,我很想认识自己的大伯子。"

"啊,你们别去,我的孩子,你们别去。"老国王有不祥的预感,说服他们不要去。

但年轻的一对一而再、再而三地来求他,最后他同意了。

"喏,对你们有什么办法,你们就去吧,"国王说,"但是,你们在路上碰到乞丐时,别停在他跟前,别给他东西。"

年轻的王妃对父亲的话感到奇怪,因为他对乞丐一向是慷慨大方的,但王妃没说什么,因为她早已非常盼望着上路。这样,他们就坐上马车,走了又走。一路上,他们遇到许多乞丐,乞丐求他们,对他们下跪、在他们背后呼喊,但他们记住父亲的命令,什么也没给乞丐。只有他们离目的地已近时,看见路上的泥水中有个可怜的老乞丐,向他们伸直瘦骨如柴的手。年轻的王妃非常可怜他,忘记父亲的劝告,给了他一点金币。但在她把金币递给乞丐时,乞丐抓住她的手,把她拽下马车,带着她消失不见了。王子跳下马车,仆人也跳下马车,他们四处寻找,但乞丐和年轻的王妃消失得无影无踪!

王子非常悲痛地对自己的随行人员说:

"你们当中谁能救出我的妻子,我就给他半个王国。"

但是,仆人中没有一个吭声。

"喏,既然你们当中谁也不去找,我自己去!你们就回家,替我问候老国王并告诉他,我只有找到我丢失的人，才会回到他那里。"

这样，仆人就朝回家的方向走，而王子则朝另一个方向——广阔的天地走。

他走了许久，最后来到一块巨石下面的山洞口。"上天保佑，"他想道，"我走进去试试看，说不定我妻子真的掉下去了？"

这样，他就沿着那个黑暗的山洞往下走，但奇怪的是，他越向前走，地方越大、越亮堂。但是，没有一个地方有一只鸟、飞虫或其它活的东西。王子已饿得难受，开始环顾自己的前后左右，看是不是可找到点什么吃的，这时他忽然看见一座小房子，屋内有灯光。他朝着那座房子走去，敲了敲门，走进去。在那里，他真的连做梦也根本不会梦见，在桌子后面坐着他的大姐。

"啊，亲爱的小弟弟，"大姐极其高兴地欢迎他，"你是从哪里来的？"

但是，她立刻就又难过起来并对小弟弟说：

"小弟弟，你在这里不安全，最好赶快离开，因为我丈夫一回到家里，马上就会把你吃掉。"

但小弟弟迅速给她讲他所发生的事并说：

"我不走，大姐。要怎样，就怎样。只请你现在把我藏在随便一个地方！"

大姐把小弟弟藏在一个木槽下面，突然一条三头龙

走进房间,嗅了嗅:

"哦,老婆,这里有人的气味,把他带来,我要把他吃了!"

"啊,丈夫,"大姐哄它,"小舅子来拜访你。"

"喏!这是另一回事。他在哪儿?把他领来,把吃的给我们端上来!"

王子现在已可大胆地向自己的三头龙大姐夫问好,在吃晚饭时给它讲他所遭遇的事。他们吃饱饭,喝了酒,睡了一会儿觉,早晨三头龙对年轻的王子说:

"哎呀,小舅子,我不知道你的妻子在哪儿。但是,你可去找我的大弟弟,它娶了你的二姐,可能会知道。你只管顺着你的来路继续向前走。你把这封信转交给我的大弟弟,由你的二姐交给它。"

王子感谢他们的招待,出发去找自己的二姐。

啊,小弟弟,我的小弟弟,"二姐看见他时叫起来,"你是从哪里来的?我为见到你而高兴,但我丈夫回到家,真的立刻就会把你吃了!"

"别害怕,二姐,你把我藏在一个地方,你丈夫回到家时,把这封信给它!"

二姐刚把小弟弟藏在木槽下面,六头龙就回家了。"哦,老婆,这里有人的气味,把他带来,我要把他吃掉!"

"啊,亲爱的,只是你这么觉得,不过这里有你的一封信,是你哥哥的。"

六头龙喜欢该信,它读完信时说:

"就是这样吗?小舅子来看我们吗?喏,把他领到这里来,由我来欢迎他,把吃的给我们端上来!"

六头龙兄弟般地向王子问好,他们吃了饭,谈了话,睡了一会儿觉。

早晨,六头龙对王子说:

"你去找我的弟弟,它娶了你的三姐,会知道你妻子在哪里。你把这封信转交给我的弟弟。"

王子出发上路,走了一天,来到三姐家。三姐扑到他的怀里并说:

"啊,小弟弟,我的小弟弟,你是从哪里来的?你的到来使我非常高兴,但是我丈夫一回到家,把你吃了,我的悲痛会更大。"

"别怕,三姐,你只管把我藏在随便一个地方并把这封信给它!"

三姐把王子藏在木槽下面,她刚做完这事,就来了一条九头龙。

"哦,老婆,这里有人的气味,把他带来,我要把他吃掉!"

"啊,你在外面沾上了人的气味,但是你瞧,二哥给你来了一封信。"

九头龙打开信，读了一遍并说：

"既然小舅子来看我们，你把他领到这里来，他可能告诉我一些来自上面世界的新鲜事儿。把吃的喝的给我们端，上来！"

王子大胆地向九头龙问好，边吃晚饭边给它讲自己的不幸。他们吃饱喝足，就去睡觉。

早晨，九头龙对他说：

"你听着，小舅子，我知道你妻子在哪里，但是要救她是困难的。那个山上住着一条妖龙，你妻子就在那里。我给你一块宝石，假如你需要，它可帮助你变成你想变的东西。现在，你去找自己的妻子，并要她问老妖龙，它的魔力在哪里。你变成一只苍蝇，躲在柱子后面听！如果你有幸把妖龙杀死，你取点它的血装在瓶子里，因为你要知道，那条妖龙给我们念了咒，只要我们不用一个手指沾它的血，我们就恢复不了人形。那条妖龙就是同你妻子一起钻入地下的那个乞丐。"

王子走到那座山上，真的在那里找到自己的妻子。他们两人互相欢迎，王子赶快告诉她该做什么，自己变成苍蝇躲在柱子后面。

过了一会儿，老妖龙发出震耳欲聋的响声回到家，坐到桌旁，吞食生肉，一桶接一桶地喝葡萄酒，让年轻的王妃侍候。

"啊,老爷,"过了片刻王妃说,"我侍候你这么久,你也夸奖我,但是你还没有告诉我,你的魔力在哪里。"但妖龙默不作声,好像什么也没听见。

"老爷,"过了一会儿年轻的王妃又说,"我多么不幸啊!我整天没个说话的,而当我问你,你是条这么强壮有力而又遐迩闻名的飞龙,这是怎么回事,你对我连理也不理。"

她的话讨妖龙喜欢,妖龙便说:

"离我们这里不远有片草地,在那片草地上有个小湖,在湖上有只白鹅在游,在那只白鹅的体内有个鹅蛋,我的力量就在那个鹅蛋里。"

变成苍蝇躲在柱子后面的王子对此听得很清楚,妖龙第二天早上一离开,他就跑到草地上的湖边,湖内有只白鹅在游。王子逮住白鹅,从它身上取出鹅蛋,他就这么武装起来,回到自己的妻子那里,他们两人一起等待着妖龙的到来。

最后终于听到恶狠狠的嘟囔声,发疯的妖龙就要回来了。但它一开门,王子就用鹅蛋打着它的前额,妖龙的脑袋开了花,流出鲜血。王子取了点血,以便用它来为自己的姐夫解除咒语,并同得救的妻子一起迅速跑开。

他们刚跑到三姐夫那里,它的一个手指头在妖龙的一滴血里一沾,它一下子就从九头龙变成一个漂亮的小伙子。二姐夫的情况也是这样。当所有的人走到大姐夫那里,它早已在盼望着他们到来,它对他们说:

"首先,你们要骑到我的背上,我迅速把你们驮到阳光下。到那里,那也就是解除妖龙对我施加的魔力的时候了。"

事情果然如此!在太阳光下,所有的人友好地互相问候,感谢小舅子把他们解救出来。但王子说:

"等我们回到家里,回到父王身边,我们再高兴吧,可是现在我们必须走。"

他们边走边问人有什么新闻,到处都对他们讲,邻国两兄弟在分王位。不过他们不是公平合理地分,而是在争夺王位,直到差点互相残杀。但是,据说在世界上的某个地方还应当有他们的第三个公正的兄弟,所有的人都等着他当国王。

王子知道,谁是那第三个兄弟,但他不说什么,只是急着要大家尽早回到家里,回到岳父身边。

当他们走到王宫时,高兴得无法形容。

可是不久之后,由于第三个兄弟归来的消息传到邻国,使者也从那里来,要把王冠献给他。但是,他对他们说:

"我同我的妻子已经有一个王国。但这里有我的个姐姐和三个姐夫,就让他们公平合理地分父母的遗产吧。"

事情果真如此,这样也做到了王子的父亲在墓地对他所说的话。王子首先必须多受些苦难,但他一生直到死,终于获得圆满成功!

4
女巫王后

很久以前,有个富有而又坚强有力的国王。只有一个女儿柯薇图莎,正待字闺中。她长得非常漂亮,邻国国王的儿子想向她求婚。父亲相中多人,但母亲说,这是他们的独生女,她不会这么轻易地把她许配给随便什么人,谁能给柯薇图莎站三个晚上的岗并保护好她,不让她从房间里走掉,就可娶她。但如果对她保护不好,就会掉脑袋。

邻国的王子们从四面八方涌来,因为每个人都觉得,看住柯薇图莎三夜是容易的。但是,真的谁也看不住,正如王后所说的,所有的人都掉了脑袋。

有一个邻国国王,他有三个儿子,三人都很想娶柯薇图莎为妻。当他们谈不妥谁先去求婚时,最后由父亲给他们评判:

"好啦,难道你们不知道,"他对他们说,"该让老大先去?"

这样,老大就第一个去。当他来到柯薇图莎的父母那里,他们对他接待得很好,王后对他说,只要他能看住她的女儿三个晚上,不让她从房间里跑掉,一切都按他的意愿办。

高兴的王子请求柯薇图莎同他一起去散散步,柯薇图莎答应了。他们在皇家花园里溜达,观赏争奇斗艳的花卉,柯薇图莎从中摘了几朵,送给王子。王子高兴得满脸通红。然后他们走到池塘边,柯薇图莎把鱼食撒入水中,逗得一群小鱼跑过来,吃那些碎渣儿。

不知从哪儿来了个流浪汉,走近王子,乞求他布施。但王子生气了,说他打扰他们,并对他吼道:

"你在这里要什么?你给我从这儿滚开!"

流浪汉难过地看了看王子,走开了。

王子同公主一起走出花园去吃午饭。在王宫的入口处前面,另一个流浪汉碰到他们,乞求王子施舍点东西。但王子又粗暴地把他打发了。流浪汉难过地看了看王子的背后,走开了。

吃午饭时挺热闹,宴会隆重丰盛。

午饭后,王子骑上马,到田野里去散步。一个穷流浪汉又挡住他的去路,求他发善心,可怜他贫穷。但生气的王子对他嚷道:

"难道我是你的亲兄弟,你就这么挡着我的路?你马上给我滚开!"

他接着策马飞奔,越过山岭河谷,背后尘土飞扬。可怜的流浪汉长时间难过地看着他远去。

王子晚上挺晚才回到城里,马上去给柯薇图莎站岗。他坐在床脚旁边的椅子上,但因骑马骑累了,他睡着了。半夜醒来才发觉,公主不在房间里。他站起点燃蜡烛、以便看得清楚些,因为他以为,公主只是躲藏起来,为的是吓唬他。他找了又找,不过无论什么地方也找不到柯薇图莎。他想走出屋外,到别的地方找她,但门被锁上了。

早晨,王后亲自来祝他早安,真的立即就问他,公主在哪里。当他沉默不语,王后只是恶意地微笑了下,随后就走了。紧接着柯薇图莎来了,然后整天同他一起游玩。可是王子必定直想着夜里发生的事,最后终于问柯薇图莎,她晚上到哪里去了。她回答说,她自己也不知道,她从房间里出来到哪儿去了。

第二天晚上,王子打算不闭上眼睛。但他刚坐下,紧接着就睡着了,接着公主就不见了。早晨王后走进房间,立即问他,柯薇图莎在哪里。王子实在不知道,因而什么也说不出。

王后对此只是笑了笑,而王子则吓得头发竖起来。

此后一整天,王子就像走在荆棘上。晚上,他靠近床坐下，以便能抓住公主的手，打算一分钟也不睡。他坚持了许久，但最后他的眼皮还是合上了。

到天快亮时，他才醒来，公主不在他的身边。他的确想逃走，但门关着，怎么也打不开。这时，门好像自己打开了，王后走进屋里。她不问他柯薇图莎在哪里，而只是笑了笑，笑得王子的骨髓硬结起来。他绝望了，跪在王后面前，请求她开恩。但王后把他推开，随手锁门就走了。过了一段时间，刽子手的助手来抓他，把他捆绑起来，带到王宫前面，刽子手砍下他的脑袋。

噩耗传遍邻近各国，也传到王子的父亲那里。他非常悲痛，已不愿把第二个儿子放走去找柯薇图莎。可是当他的哀伤稍微过去，又经不住儿子的多次请求，就放他走了。

然而，第二个儿子的遭遇也同他的哥哥一样。他与柯薇图莎一起散步，碰到流浪汉并赶走了他。他看不住柯薇图莎，第三天就像他的哥哥那样，被从这个世界上除掉。

当这个消息传播开来，王子的父亲更加难过，对最小的儿子也要去向柯薇图莎求婚，他已连听也不愿意听。但父亲这么看，儿子又那么看，过一段时间最小的儿子也终于准备去找柯薇图莎。

他几乎已作好准备时，有人敲他的门。王子把门打开，

门前站着一个流浪汉,乞求布施。王子马上掏出一个银币给他。流浪汉说:

"王子殿下,让我为您效劳吧。我不光会喝粥,还会更多。"

"好吧,"王子就此对他说道,"但你先说说或者先表演一下,你会干什么!"

"人们,"流浪汉说,"给我取个绰号叫大高个,因为如果我要的话,我可以伸高到云端。"

他开始伸长,好像从水中长出来,一直长到王子看不见他的头部,因为他的头在云层里。这以后他又缩成原来的样子,不过据说有点累了,躺下睡觉。但在这个时候,王子不等他睡够就走了。

大高个醒来时看到,王子早已走了。他便走出门外,伸高到云端,像风一样奔向田野。他跨步,就能走十里,能越过一切山峰、谷地及河流。

他走的时候,头部抬高靠近太阳,脑门开始发烫,所以他抓住空中的一片云彩,放在自己的头上遮阴。他刚走了几步,就赶上王子。王子感到奇怪,他要跑到哪里去。可是大高个对他说:

"您带我走吧,我对您会有用的。"于是,王子就带他走,然后他们一起走了一小段路程,又遇到一个乞求他们施舍的流浪汉。王子给他一个银币,想继续往前走。

但流浪汉挡住并请求他,让他当仆役,说他真的不光会吃面包,还会点什么。

"你会干什么?"王子问。

"殿下,"流浪汉说,"我能看到千里之外,甚至更远。在近处,我也能看见别人看不见的东西,因此大家叫我千里眼。"

"喏,"王子说,"既然你这么能干,告诉我,我叔父这时在本国玻璃墙后面做什么!"

大高个把千里眼搁到肩上,带着他伸高到云端,千里眼看了一会儿,但看不清楚,因为云彩挡住他的视线。大高个就用嘴巴吹云彩,立刻把它们吹散,千里眼接着叫大高个缩短,说他已经知道,在那个国家的玻璃墙后面正在发生什么。

"喂,"当他们两人都已站在地上,王子说,"你们知道刚才刮的是什么风,差点把我连同马匹一起刮跑?""我只稍微把云彩吹开,以免它们妨碍千里眼往前看。"大高个解释道。

"千里眼,你看见什么?"

"殿下,那里现在正在准备打仗,因为所有的人都在擦剑,国王同两个儿子一起在军中走来走去。"

"你说得对,"王子点头道。"我离开家时,信使正好送来这个消息。你也跟我们一起走吧,不过你必须步行,因为我们确实没有马可给你用。"

"这不在话下,"大高个说,他把所有人马搁到自己肩上。他们只花了大约半个小时,就到了邻国柯薇图莎身边。

王后像以前许多次那样,答应只要新的求婚者完成看住柯薇图莎三个晚上的任务,就立刻把未婚妻给他。但柯薇图莎哭了起来,因为她看了一眼,就爱上了他。王子尽其所能安慰她,同她一起在花园里和池塘周围散步到黄昏。他们不知道,一天是怎么过去的。傍晚,王子一走进自己的房间,就有人敲门。

王子把门打开,门外又有个流浪汉乞求布施。王子把手伸进口袋里,把一个银币放在流浪汉的掌上。

"谢谢,"流浪汉说,"但如果您让我当仆役,我会感到高兴!"

"就收你,"王子点头道,因为他对已经招收的两个人非常满意。"你会干什么?"

"嘿,"第三个流浪汉说,"如果我要的话,我能吃喝得比世界上任何人都多,因此人们叫我大肚皮。""这有时也可能有用处。"王子说,大肚皮就留在他身边。

晚上,千里眼叫王子夜里只管好好睡觉,因为他要看看房间里将发生什么,他的眼睛比任何别人好一百倍。这样,可爱的王子就高枕无忧地睡了,而千里眼则注意观察。

午夜时分,他发觉有一朵金玫瑰飞过房间,钻过钥匙眼。他马上把大高个叫醒,同他一起走出屋外。到了外面,大高个把千里眼搁到肩上,带着他伸高到云端。千里眼环顾了四周后说:

"喏,好兄弟,你只管朝日出的方向走,步伐要大,因为公主在百里之外。"

大高个抬腿就走,走得他头发冒热气。他们走了一百里,发现一丛带刺的玫瑰。所有的玫瑰都是粉红色的,只有正中一朵是金色的,那就是公主。千里眼把它摘下,骑到大高个的肩上,他们又回到家里。他们找到已经起床的王子,把玫瑰给他,就去睡觉。

天刚亮王后就来了,祝王子早安后就问,公主在哪里。当王子随后把玫瑰递给她时,王后还好没气炸。但她没说什么,拿着玫瑰走开了。

过一小段时间,柯薇图莎来找王子,他们又一起度过一整天。晚上公主就寝,王子说是要看护,而实际上又整夜甜甜地睡觉,因为千里眼紧紧地盯着一切。

午夜时分,一只金鸟飞过房间,从钥匙眼溜出屋外。千里眼骑到大高个肩上,大高个扛着他又伸高到云端。

千里眼四顾张望,对大高个说,要他向西走,并且要快,因为公主已在两百里之外。大高个已不是在大步走,而是在跑,这样半个钟头后他们就到达一片森林里,被施了法术变成小鸟的公主,从一棵树飞到另一棵树。他们费了一些时间才把它逮住,随后被千里眼抓在手心。真的已经是该往回走的时候了,因为不久天就要亮了。

千里眼刚把小鸟递给王子,王后就走进房间,一点不假,在跨过门槛时就问,柯薇图莎在哪里。当王子把小鸟递给她时,她气得咬牙切齿,使王子吓得头发竖起来。

夜晚降临时,千里眼又打发王子去睡觉,而自己却把眼睛睁得大大的。半夜时有什么东西沙沙作响,立即又静下来。可是大高个毫不拖延,让千里眼骑在肩上,又伸高到云端。千里眼环视一下并说:

"赶快缩低,去找大肚皮,因为公主真的在三百里之外的一个湖上。"

所有三个人都到齐时,大高个把另外两人扔到自己肩上,拼命朝着湖泊的方向追赶。即便这样,他们也费了一个半小时,才到达那里。湖上游着一只美丽的白天鹅,那就是公主。大高个跳入水中要抓它,但水很深,不管他有多么高,只有他的头发冒出水面。

大肚皮赶紧躺在岸上,开始用嘴吸湖中的水。他吸了又吸,直到把所有的水都吸干,天鹅就被他们捉住了。大高个又把两人连同天鹅一起扛在肩上,但他感到有点难于行走。他突然想起来:

"嘿，老弟，"他对大肚皮说，"你倒挺沉的！"

"好啦，你稍微等一等，我马上给你减轻重量，只要我吐掉就成！"

大高个站住不动，大肚皮往外吐，他喝进去的所有的水，都从他嘴里吐出来。在他们背后形成一个湖泊，大肚皮轻得像一片羽毛。

他们回到家，时间的确已晚得不能再晚，因为王后恰好来开门，询问柯薇图莎的事。王子把天鹅递给她，她看见天鹅就气炸了。这时，天鹅变成美丽的公主，她搂着王子的脖子，感谢他的解救。

国王非常高兴，高兴得不知该怎么办才好，一切都有个好的结局，他终于摆脱了女巫妻子，她糟蹋了这么多年轻的生命，把他们所有的人都攥在手心。国王立刻降旨叫客人来参加婚礼，婚礼应当马上在第二天举行。王子很希望他的父亲也能来参加婚礼，不过他住在距此很远的地方。大高个对他说，叫他尽管放心，这是他的事。的确，王子的无比高兴的父亲几个小时后就到达那里。柯薇图莎的父亲用接待国王的礼节欢迎他，空前的婚礼和欢庆开始了。音乐不停地演奏了整整十四天，那里吃喝跳舞也持续了这么长时间。

婚宴过后，王子同柯薇图莎一起到花园里散步，三个流浪汉挡住他们的去路，说是来同他们告别。王子怎么也不愿放他们走,说服他们在喜庆期间不要离开,但他们不听从挽留,说还要帮助其他好人。

后来,王子当了国王,果然对自己的孙子还在讲三个善良的流浪汉的故事,他们不仅救了他的性命,而且还帮助他娶了个好妻子。

5
三只鸽子

从前有个安妮琪卡,她在世界上除了父亲以外,别无他人,因为她还小的时候,母亲就去世了。孤儿安妮琪卡为人善良,像花一样美丽,蜜蜂般勤快,里里外外一切活她都做。但父亲有时对她说:

"孩子,你还年轻,不能这么受苦受累。我再结婚,我们两个人日子好过些。"

姑娘对又将有个母亲感到高兴,于是父亲又结婚了。他娶了一个寡妇,她也有一个女儿,年龄和安妮琪卡相仿。不过,事实很快就表明,寡妇只是自己女儿的母亲。她给她做饭,什么也不让她做,给她穿漂亮的衣服。可怜的安妮琪卡现在才知道,什么是活!没个够,她继续干房前屋后和家里的一切活,还必须侍候后母和她的女儿。而她所做的,又没有一样是好的。

有一次,父亲准备去赶大集,后母对他说:

"我女儿需要鞋子、丝绸裙子、带子、糕点……"天

知道还责令他买什么。当他听到这一切,转向自己穿着破旧衣服的女儿问道:

"我该给你买什么?"

但后母不让她讲话,说她什么也不缺,她进灶间和畜圈,既不需要带子,也不需要丝绸。

不过,父亲又催问女儿:

"喏,你也说说,我该给你捎什么!"

安妮琪卡只偷偷地对他耳语:

"啊,亲爱的父亲!看您喜欢什么,您在那里碰到什么。"

农民赶集去了,在那里买了许多后母命令采购的东西,只是没给自己的亲生女儿买什么。这使他在归途中非常难过,他在琢磨,可给她什么。他边这么想着,边沿着小路往下走,经过一小片树林,碰到一棵弯曲的核桃树,三颗可爱的核桃从树上掉到他的脚下。

"啊哈,"他高兴地说,"这可作为给我闺女的赶集礼物。"

父亲回到家,分发采购的东西,谁也没像安妮琪卡对赶集礼物这么满意。她把那三颗核桃当作珍贵的珍珠藏在口袋里,开始干活。

星期日早上,当她把房前屋后的一切活都忙完了,就开始准备上教堂。但是,后母不许她去。而这仅仅是为了不让人们看见,安妮琪卡即使穿旧衣服,也比她穿漂亮衣服的女儿更美。

"你哪儿也别去。有人必须留在家里。假如你无事可做,你马上就有事可做,"后母威胁地嘟囔道,跑到屋外,给她提来一大斗混有扁豆的豌豆。"给你,在我们从教堂回来以前,把这些豆子挑拣好!"

姑娘开始挑拣,眼泪顺着她的脸颊直流,因为后母连教堂也不让她去。

这时,父亲给她的那三颗核桃在她的口袋里响了一下。她把它们拿出来,放在自己面前,为它们而高兴。她终究还有一个想着她的好人,这也使她感到高兴。她边想边拣,有什么东西敲窗。她循声望去,看见三只白鸽在啄窗玻璃。

"啊,可怜的小东西,一定是想进来,可能是来安慰我这个可怜人。"安妮琪卡想道,她打开窗子,鸽子对她说:

"好姑娘,你在干什么?"

"啊,你们自己看得见,亲爱的。现在其他人在教堂里做礼拜,我却必须在家里这么受罪。"

"你把活放下,"一只鸽子对她说,它拿起一颗核桃,用嘴啄开,从中取出一套白得像雪的丝绸衣服和一双白鞋。

"给你,穿上衣服和鞋子,到教堂去。你走后,我们替你拣豌豆和扁豆。但是,神甫一说阿门,你不等其他人走出教堂,就站起来,赶快回家换衣服。"

高兴的安妮琪卡穿上衣服,漂亮得像百合花。在教堂里,她坐在第一个空位,庆幸能到那里去。人们其中包括王子本人,从那一刻起只瞧着她。但美丽的姑娘不东张西望,非常虔诚地祈祷,倾听布道。当神甫说阿门,她就赶快起立,走出教堂,急忙回家。一回到家里,她就脱下丝绸衣服,把它放入核桃壳,再把核桃壳藏起来。后母及其女儿也从教堂回到家里,看到豌豆堆成一堆,扁豆堆成另一堆。她感到难受的是,不能找非亲生女儿的茬,因为她以为,她到晚上也完不成这样的任务。但过了片刻,她就又开始刺她:

"假如你到教堂去,你就能看到像百合花一样的姑娘!"

"可是我看见过她,她从我们面前走过。"

"怎么看见的?"

"从雕花木柱[1]后面看见的。当时我正在打水。""从雕花木柱后面看见的?这么说来,你一直这么从木柱后

---

1 井上立有单柱或双柱小亭,以遮雨雪。

面看街上？你听着，老头子，马上把那根柱子拔掉！不然，你的这个懒鬼光会从柱子后面瞧乌鸦。"可怜的父亲不得不真的把雕柱拆掉弄走。

王子在祈祷仪式结束后打听，那位美丽的姑娘是从哪里来的，人们知不知道，她上哪儿去了。

"她走进了水井上有非常精致的雕柱的一家。"人们告诉他。

王子叫人寻找井上有雕柱的房子，但雕柱已经不存在，所以他们什么也没找到。

第二个星期天，安妮琪卡又穿着破旧的衣裳准备上教堂，可是正在对镜给自己女儿梳妆打扮的后母，转过身来对她说：

"你哪儿也别去！如果你在家无事可做，我给你找活干，"她跑到储藏室，从那里提来一大斗混有罂粟籽[1]的黄米。

"给你，"她说，"在我们从教堂回家以前，你把这挑拣一下。如果你不拣好，你别指望会有好结果。"

后母说完，就把她独自一人留在家里。姑娘开始挑拣，可是挑拣的却是罂粟籽和黄米。她为自己悲惨的命运而哭泣，不过这时那三只白鸽敲窗并说：

---

1 斯洛伐克等地以罂粟籽代替芝麻作香料。

"别哭,好姑娘,你只管放我们进去,我们将替你做一切。你把那两颗核桃之一放到这里来。"

像上次一样,这次一只鸽子也从核桃里啄出衣服和鞋子,不过不是白色的,而是银色的。

"这是给你的衣服,穿上它,到教堂去。但是,当你听到阿门,就赶快回家。"

她穿上衣服,真的像天上的星星一样。到教堂后,她坐在长凳的末端,祈祷,听神甫布道,不左顾右盼。但王子的目光自始至终没离开她。

当神甫说阿门,亲爱的安妮琪卡就赶紧站起来。悄悄走出教堂,奔跑回家。真的她刚来得及换好衣服,后母及其女儿就已经到家了。当后母看到,所有罂粟籽都从黄米中拣出来。她既感到奇怪。而又非常生气,还好没把她气炸了,可是她不好说什么,不过片刻以后又开始说:

"你这个整天围着炉台转的人,本应到教堂去,可看到像星星一样的姑娘。"

"啊。我也看见过她,她从我们面前走过。我恰好爬到房前的李子树上,想给你们摇些李子。"安妮琪卡说。

这对后母来说就够了!

"啊,你这个讨厌鬼,"她嚷道,"这么说来。你礼拜天还要爬树,撕破衣服,瞪着眼睛看人?这绝对不行!老头子,那棵李子树不许留在房前!你的那只猫头鹰不能再落在李子树上!"

父亲不希望在家里引起更大的不快,虽然是礼拜日,还是把李子树砍了,王子又到处寻找那位美丽的姑娘。人们又告诉他,姑娘走进一座门前长着挺好的李子树的房子。但王子的仆人白找,李子树已经不存在了。王子感到难过,他想,一周内无论如何必须想出个办法,防止姑娘又丢了。

这是第三个星期日早上,安妮琪卡收拾好房间和把头发梳好以后,去找正对着镜子给自己的女儿梳妆打扮的后母,恳求让她到教堂去。

"啊,你这个废物!你想到教堂去?要让我们在那里为你这个衣衫褴褛的人感到害臊?不,你只能好好呆在家里!"

说完她就去储藏室,提来一大斗混有炉灰的面粉,把它倒在桌子上:

"给你,免得你觉得时间漫长。我们从教堂回来以前,你要把它们分好!"

当只剩下安妮琪卡孤零零一个人时,她开始分,但不论她怎么努力,这样的活到天亮也做不完。她为自己的命运而悲伤地哭泣,正好这时三只鸽子敲窗:

"别哭,好姑娘。我们替你做,只要你放我们进去!"

她把它们放进来，一只鸽子打开第三颗核桃，从中取出金色的衣服和金色的鞋子并说：

"给你，赶快穿上，到教堂去。但是神甫一说阿门，你就跑出教堂，赶紧回家！"

安妮琪卡穿上衣服，像光芒四射的太阳。到教堂后，又坐在长凳边上，祈祷，倾听布道，根本没发觉，全教堂都看着她，王子对她发出微笑。

布道结束，神甫已经说阿门。这时，姑娘刚醒悟过来，站起来，想赶快离开。

然而，发生什么事？安妮琪卡要抬起一只脚，可是那只脚好像同地板长在一起，不能从原地挪动。这是因为，王子叫人在长凳下浇了树脂。最后，她幸而得以解脱，跑出教堂！她丢了魂似地飞回家，回到家才发觉，她的一只鞋子可能落在教堂的长凳下面。

她刚换好衣服，就已听到后母走到窗下。她来不及把金色的衣服放进核桃壳，只赶快把它塞到炉子后头。当后母看见面粉堆成一堆，炉灰堆成另一堆，她不相信自己的眼睛，差点气炸了，可是不好说什么。不过片刻以后，她就开始刺她：

"嘿，"她说，"你这个傻瓜。假如你去教堂，你今天就能看到像太阳一样的姑娘！"

"啊，"安妮琪卡说，"要知道我真的看见过她。

当她从我们的窗前一闪而过，我跑到烟囱上去，从那里看到她了。"

这对后母来说就够了，她立刻骂她：

"这么说来，你这个无用的懒鬼，要爬烟囱？你给我滚到阁楼上的大木槽下去！而你，老头子，马上把那个烟囱扔下来！"

可怜的老头爬上屋顶，扔下烟囱。

烟囱刚被搬走，王子的仆人就走进院子，询问有没有一个美丽的姑娘，因为人们告诉他们，她走进有个漂亮的高烟囱的房子，并给他们指明是这座房子。但他们一看，房顶没有烟囱，他们就以为是搞错了，接着就走开了。

但是。王子还有一只金鞋，所以他就派遣其他的仆人。要他们挨家挨户，给每个姑娘试鞋。哪个穿了合适。立即把她带到他那去。

仆人按照命令从一家走到另一家。但鞋子不合任何一个姑娘的脚。当他们来到后母那里。她想方设法努力帮助自己的女儿把脚塞进鞋子，可是谁能把这么大的脚塞进这么小的鞋子？"

仆人只是摆手并说：

"你们还有别的姑娘吗？"

"没有！后母斩钉般铁地答话，但公鸡在阁楼上啼

叫:

"喔喔,喔喔——,喔喔,喔喔——。漂亮的姑娘在木槽下。"

"什么?"他们站住问道,"怎么漂亮的姑娘在木槽下?"

"啊。这没什么,只不过是公鸡有时这么叫。"后母遮掩道。

但他们不上当,爬到阁楼上。在那里看见一位姑娘在木槽下哭泣。他们给她试鞋子,鞋子好像是按她的脚定做的!他们把姑娘从阁楼上拉下来,既然有一只鞋合脚,必定还有另一只鞋,他们就在屋里到处寻找。金色的衣服在炉子后面闪光发亮,在衣服旁边放着另一只鞋。

现在。他们已经知道,他们找到了应该找到的人。这样,可爱的安妮琪卡一同父亲告别完毕,他们就把她送上马车。

当仆人把她带到王子跟前,王子一眼就认出,这就是她,但他还是问道:

"你是不是三次到教堂去,我的心肝?"

"那就是我。"姑娘谦虚地回答,脸红得像玫瑰。"你从哪里得到那些漂亮的衣服?"

她对他讲述自己的一切苦难,也讲怎么从父亲那里得到三颗核桃,以及那三只鸽子每回怎么帮助她。

王子认识到,他爱上的不仅是一个美丽的姑娘,而且也是一个高尚而又善良的姑娘,这样一个星期以后,可怜的孤儿就成了王子的妻子。

《上天赐福,小桥》

《十二个月的故事》

《孤 儿》

《蜜饼小屋》

《坏哥哥》

《扬珂的宠物》

《老牧羊犬与狼》

《风王的故事》

6
上天赐福,小桥

一个鳏夫有个女儿,叫作卡特卡,她就像其他姑娘一样,经常到邻居家串门。她在邻居家有个好同伴。同伴的母亲是个寡妇,人们说她是个巫婆。但卡特卡对此不介意,因为她对她非常好,就像对自己的亲生女儿一样。不论她烤制发面饼或点心,还是做了什么好吃的,她总是从中平分给两个姑娘。而卡特卡对她也像对自己的生身母亲一样。

有一回,卡特卡也来参加纺纱晚会[1],这样两个姑娘就一起坐在纺车下纺纱,寡妇好像顺便说:

"喂,我的孩子,你们俩挺适于住在一座房子里,总是这么坐在一起!啊,你们在一起多好呀,要知道你们像两个亲姐妹。我的卡特卡,你可对自己的父亲提提,他在家里需要个帮手。"

---

[1] 从前在冬天漫长的夜晚,若干村姑聚集一起,边纺纱边娱乐、讲故事等。

卡特卡没说什么,但她认为,这的确不错。

她回到家,就对父亲说:

"父亲,您可以再结婚。您需要帮助,而我这个孤儿则需要有个母亲。我确实很想有个好后母。您可以娶我们邻居的寡妇,她对我总是非常好!"

"啊,闺女,"父亲说,"要知道人们说邻居的寡妇是个巫婆。那对你来说,会是怎样一个后母啊!"

"您只管娶她。人们信口开河,这是不对的。我对她不能说什么坏话。"

卡特卡对父亲说了许多,直到他被说服。不过,婚礼刚过,后母就立刻开始对非亲生女儿不一样。只派她干各种活,吃饭时让她同猫和小狗共用一个小盆,扔给她其女已不想穿的衣服。而对她的亲生女儿,当然一切都答应。她梳妆打扮得像只孔雀,油酥的发面饼或甜的美食总是要多少就有多少。同时,她并不比她的母亲好。她不仅什么也不干,而且还嘲笑卡特卡。她的确从不想到她最好的同伴。

可怜的姑娘的心差点因痛苦而碎了,她走到一个井边哭诉。

有一次,父亲看到她在那里哭泣,抚摸她的头发并说:

"你看见了,闺女,难道我没对你说过,那不会是个好后母吗？不过，事情已经发生了，现在，只要上天不改变它，你就必须忍受。"

"您说得的确对，父亲。我确实不该那么看。"女儿答道。"但是，我已不能这么继续下去。我要出去找个活干。"

"好，闺女。对你受苦我已看不下去，你走吧。"父亲说道。

这样，卡特卡就外出闯天下。走时身上只穿着原来穿的破旧不堪的衣服，赤着脚，小包袱里只有后母扔给她的炉灰饼子。她走了又走，漫无目的地走，直至一座跨河小木桥的跟前。

"上天赐福，小桥。"她向它问好。

"上天赐福，姑娘！"小桥答谢道。"你去哪儿？""我出来找活干。"

"我有一事相求，"小桥说，"人们在我的一面走已有多年，谁也没想到把我翻到另一面。喏，请你给我翻翻身，我会好好帮助你。"

卡特卡把小桥翻个面，继续往前走。

她这么走着，来到一只小狗跟前，小狗满身都是难看的溃烂伤口，连用四只脚站也站不住。

"上天赐福，小狗。"卡特卡向它问好。

"上天赐福，姑娘，"小狗答谢道，"你到哪儿去？"

"我出来找活干。"

"啊,请你给我包扎伤口!已有许多人从旁边走过,但是谁也不可怜我。我会好好帮助你。"小狗请求道。

卡特卡给小狗洗、擦、包扎伤口,继续往前走。不久以后,她走近一棵老梨树。

"上天赐福,梨树!"姑娘向它鞠躬。

"上天赐福,姑娘!你去哪儿?"

"我出来找活干。"

"请你从我身上摇掉那些梨。你看得出,我对它们已经受不了,可是谁也不从我身上摘取。我真的会好好帮助你。"

卡特卡对所有树枝都用力摇了摇,捡了几个梨路上吃,继续往前走。

片刻以后,她走近一头小公牛,小牛被绑在柱子上,周围草地被完全吃光。

"上天赐福,小牛!"

"上天赐福,姑娘,你到哪儿去?"

"我出来找活干。"

"喏,请你把我从这片草地赶到另一片长草的草地。我在这里放牧已经多年,把一切都吃光,谁也不把我赶到另一片草地上去。我真的会好好帮助你。"小牛请求道。

卡特卡把小牛牵到另一片草地上,急忙往前走。她走近一个炉子。

"上天赐福,炉子!"

"上天赐福,姑娘。你要上哪儿?"

"我出来找活干。"

"啊,请你给我扒拉火。火在我膛内燃烧已经多年,可是谁也不给我扒拉。我真的会好好帮助你。"

卡特卡找到一根大棍子,用它扒拉炉火。然后,又急忙往前走。

她翻过几座大山,走到一小片漂亮的森林,林中有座孤零零的房子。她走进去,在屋里找到一个老妪,第一眼看起来就像真正的妖婆。

"上天赐福,女主人。"卡特卡向老太婆鞠躬。

"上天赐福,姑娘,你到这里来干什么?"

"我来找活干。您有没有什么活给我干?"

"这里活的确挺多,不过也不是多到你做不完。只有那十一个房间必须天天打扫。这你挺容易就能办到。但是,你要注意,在那十一个房间后头是第十二个房间,不过,你别往里瞧!"

"您命令我怎么办,我就怎么办。"卡特卡说,她在长途跋涉过后,只稍微休息一下,就开始干活。

她一天又一天打扫那十一个房间,连想也没想到要看那第十二个房间。不过,当她在那里干活时间已较长,终究还是觉得奇怪,那儿连瞧也不许瞧,那里可能放着什么东西?好奇心开始啃噬她。最后她自言自语,等有机会至少用一只眼睛瞧瞧那第十二个房间。

有一回,妖婆到某个地方的两条十字交叉路上,众妖婆夜间在那里聚会,当时卡特卡就下了决心。她悄悄接近第十二个房间的门,只把它推开到可用一只眼睛往里瞧。但即使这样,她也看见,房子中间放着三个大木桶。

那些木桶里可能装着什么,这使她不得安宁。她把门完全打开,走近木桶,看见第一个桶里装着硬币,第二个桶里装着纯银,第三个桶里装着金子。没有什么东西悄悄告诉卡特卡要怎么做,她就跳到那桶金子里,当她从桶里爬出来,全身上下镀了一层黄金。

"至少我可留作纪念。"她说,因为她清楚,不能继续留在妖婆身边,便开始逃走。

妖婆回到家里,看到房间没打扫,第十二个房间门开着,地上到处是溢出的黄金。她立即知道,情况究竟怎样。她拿起铁耙子,骑上劈麻棍,追赶姑娘。

她本可以抓住她,不过卡特卡正好从炉子旁边跑过,炉子打开了,把全部炉火向老太婆吐去。妖婆骑着飞行的劈麻棍,烧成灰烬,她本人为了不被火烧死,也忙得不知所措。而镀了金的卡特卡,则乘机跑得老远。没了劈麻棍,妖婆也不得不跑了,不过由于她腿长,在小牛

旁边就又追上卡特卡,在她背后恶狠狠地叫嚷道:

"你只管等着瞧,我要捉住你,用铁耙子从你身上把那层黄金连皮一起扒下来!"

但当卡特卡跑过去,小牛用双角顶老太婆,把她赶回一段路程。

卡特卡又跑过一大段路程。可是在梨树旁边,妖婆就又赶上她。不过梨树把所有枝丫放到妖婆头上,等妖婆从树枝下面挣扎出来,卡特卡已跑到小狗旁边。

"小狗,帮助我!"她刚叫完,妖婆就已追到那里。不过恢复健康的小狗跃起挡住妖婆的去路。她勉强摆脱了小狗,她的半条裙子还咬在小狗的嘴里。

卡特卡逃走,已经跑过小桥。不过,妖婆又接踵而至。但她一走上小桥,小桥就同她一起翻了个身,妖婆就掉进水里。她要从激流中爬出来,真的够她忙的,同时水又冲走她的铁耙子,这样她就失去对卡特卡的一切魔力。

镀金的卡特卡慢慢走近父亲的房子,但没走进去,她怕后母。她首先走到自己的那口井去,在那里考虑下一步怎么办。不过后母的女儿看见她,马上跑去找她的母亲:

"妈妈,妈妈,她已经从帮佣的地方回来,可您要知道,她全身上下都是金的!她坐在井边。"

后母跑到井边,当她看见发生的奇迹,就开始假装,卡图丝卡[1]长卡图丝卡短地请她进屋。当然,她想了解,她是怎么得到黄金的,以便也能这么打扮自己的女儿。

当非亲生女走进房间,那里蓦地大放光明,就像太阳从乌云后面钻出来。后母对她更好,而表面上说自己的女儿:

"事情就是这样!谁到外面去闯,总是可挣点什么。喏。笨闺女、你也走出家门,也许你也能走运!"

当然,后母好好打发自己的女儿上路。她给女儿烤油酥饼,穿新衣服,还给她定做小袄。女儿则按卡特卡所说的路线。骄傲地走出家门,去干那金子般的活。

她这么走着,来到小桥边,可是她既不问好。也不说话。小桥请她把它翻个面,她没礼貌地答道。

"我没时间理你!"

她也走近小狗、小狗也请她帮忙。不过,哪有任性的姑娘被令人作呕的伤口弄脏的!

她对梨树不屑一顾,远远绕过小牛。对炉子的请求装聋作哑。

最后,她来到小片森林中的妖婆房前。

---

[1] 卡特卡的昵称。

"上天赐福。女主人。"她向坐在桌子后头的妖婆问好。

"上天赐福,姑娘。你上哪儿去?"妖婆欢迎她"我来问问,您雇不雇我干活。"

"你来得好,我正在找人。你如果留下来,可给我打扫十一个房间。但是。对第十二个房间不准看,否则你就倒霉!"

"好的,女主人,好的。"姑娘说,"您怎么命令,我就怎么做。"马上像在家里一样舒服地坐下。

她扫呀扫,讨厌打扫那十一个房间,又等不到妖婆拔要出门的时候,直到月圆时,妖婆才到两条十字交叉的路上去,参加妖婆们的集会。她刚出门不远,后母的女儿就飞到第十二个房间,径直跳进装有金子的木桶里。她使劲地在金子里滚,以便皮肤能沾上尽量多的黄金,然后逃走。

当妖婆参加妖婆大会后回来,看到金子洒得各个房间都是,她马上清楚,发生了什么事。

"等着瞧,你这个骗子!你会后悔的!"她嚷道,拿起刚叫铁匠打的铁耙子,脚穿铁靴,跨一步可走一里。

姑娘跑近炉子、小牛、梨树和小狗,确实谁也不帮助她。这样,妖婆就捉住她,开始用那把铁耙子从她身上扒拉黄金。当然耙子不仅仅扒拉金子,而且也扒拉衣服,甚至扒拉姑娘的皮肤。最后她费大劲儿逃脱,跑到小桥边。但她一走上小桥,小桥就带着她翻了个身,她就出溜掉入水中。妖婆不再追她,她已夺回自己的黄金,仇也报了,于是就回家去了。

后母的女儿好不容易才从小河里爬上来,然而她委实不知道该怎么办。须知她不仅没镀上金,而且衣服被撕破了,全身上下被抓伤。这时公鸡朝着窗里对母亲喔喔叫,告诉她女儿回来了,母亲立刻放下一切,跑去看自己金子般的女儿。

不过,金女儿并不是金的。后母是个真正的悍妇,对自己的亲生女儿也难听地咒骂。

"让你得中风,你这个无用的女儿。"她对女儿嚷道。但咒语倒过来反对她,她气得中风。

喏,在童话中经常这样,善有善报,恶有恶报。

7
十二个月的故事

在村边的一座房子里，住着一位母亲及其女儿霍伦娜和非亲生女儿玛鲁什卡[1]。母亲非常喜欢自己的女儿，但把非亲生女儿视为眼中刺，因为她比霍伦娜漂亮。不过玛鲁什卡并不知道自己长得漂亮，所以没想到，为什么后母不论何时看见她，总是皱眉头。她以为，她可能在某个方面不中后母的意。霍伦娜整天只梳妆打扮，在灶间享受，在院子里闲逛，或在街上炫耀，而玛鲁什卡却在家里干所有的活：打扫、做饭、洗衣、缝纫、纺纱、织布，而且还要割草、喂奶牛和挤牛奶。可是即使这样，后母也每天谩骂诅咒她。虽然玛鲁什卡不顶嘴，只是默默地忍受，情况越来越糟。这是因为玛鲁什卡一天天变得更美，而霍伦娜却越来越难看。后母确实不止一次想道：我不应当把美丽的非亲生女儿留在家里。当年轻人来求婚，他们都喜欢玛鲁什卡，谁也不看霍伦娜一眼。

---

[1] 玛丽亚的昵称，后面的玛鲁莎为家中称呼。

霍伦娜可能比她母亲还坏。她欺负玛鲁什卡，想方设法侮辱她。

元旦的第二天，雪由于天冷而在脚下沙沙作响，严寒在窗子上画了冰花，霍伦娜突然想要鲜花，她说："玛鲁莎，你到山里去，给我采一束紫罗兰鲜花。我要把它别在皮带上，因为我非常想闻紫罗兰的香味。""哎哟，天哪，妹妹，你想的是什么呀？难道有谁什么时候听说过，在雪的下面会长着紫罗兰？"可怜的玛鲁什卡说。

"你这个没出息的，你这个懒鬼，你还要顶嘴？"霍伦娜对她嚷道。

"你去采，如果你采不来紫罗兰，你就别回家！"后母站到霍伦娜一边，把玛鲁什卡推到寒冷当中，随后把门关上。

玛鲁什卡哭着跑到山里。一堆堆雪像一堵堵墙，小路都被雪掩盖了，既没有野兽的踪迹，更没有人迹。玛鲁什卡迷路了，她长时间迷路，饥饿也折磨着她，可怕的寒冷差点把她冻死。她已请求上天，最好把她从这个世界上带走，这时不远处突然有亮光闪烁。起初她以为，这只不过是她在作梦，但随着她朝亮光走去，亮光不断变大。

她一直朝着亮光走，最后来到山顶，看到那里燃着一大堆篝火。篝火周围由高而低放着12块石头，石头上坐着十二名男子,即十二个月。三个是白胡子老人,挨着他们的三个年轻一些,接着三个更年轻,最后三个非常年轻。他们静静地坐着,一动不动地盯着火堆。

玛鲁什卡吓了一跳,她有一刻也僵住不动。但她最后还是胆大起来,走近说:

"上天祝你们晚安,善良的人。恳求你们让我稍微烤烤火,我冷得发抖,全身都冻僵了。"

坐在最高石块上、头发和胡子都白得像雪的大谢辰点头道:

"上天也祝你晚安,你在这里找什么,姑娘,你来这儿干什么?"

"噢,我来采紫罗兰。"玛鲁什卡答道。

"要知道现在不是出门采紫罗兰的时候,现在是冬天,有雪。"大谢辰又摇头。

"这我完全知道,但是霍伦娜妹妹和后母命令我从山中采回紫罗兰。如果我采不回来,就不能回家。非凡的人,请问你们知不知道,我现在在哪儿可采到紫罗兰?"

大谢辰从石块上站起来,走近最年轻的月份,把一根棍子交到他手中并说:

"三月兄弟,坐到上面我的位置上去!"

三月坐到最高的石块上,在篝火上方挥动棍子。篝火燃旺蹿高,白雪融化,树木开始吐芽,山毛榉树下小草发绿，在灌木丛中的草地上开着紫罗兰，好像给大地铺上蓝色的绒毯。

"快采，玛鲁什卡！"三月催促道。

高兴的玛鲁什卡赶快采紫罗兰，扎成漂亮的一束。然后好好向十二个月表示感谢，急忙回家。

霍伦娜和后母看到玛鲁什卡带着紫罗兰回来，感到十分惊奇。

"你是在哪里采的？"霍伦娜问道，并从玛鲁什卡的手里夺走花束。

"在高高的山上的灌木丛下长的。"玛鲁什卡小声回答。

霍伦娜把花束固定在自己的皮带上，时刻闻着，也让母亲闻闻，可是姐姐好像根本不存在似的。不过，紫罗兰的香味飘到整座房子里，玛鲁什卡眼前不断浮现在山上看见的那幅美景。

几天以后，霍伦娜在灶间享受，她又想吃草莓。所以，她立即对玛鲁什卡说：

"玛鲁莎，你到山里去，给我摘回草莓！"

"哎呀，天哪，妹妹，你又想出什么？难道有谁什么时候听说过，在雪的下面会长着草莓？"

"你这个坏蛋，你这个懒鬼，我下命令时，你不要顶嘴！走，快走！如果你给我摘不来草莓，你就会倒霉！"

霍伦娜对玛鲁什卡威胁道。

玛鲁什卡哭着跑到山里。那里下大雪,犹如鸭绒飘落在鸭绒被上一般,不过鸭绒被使人感到温暖,而冰雪却使她感到寒冷,直到全身冻僵。因此,她请求上天,最好把她从这个世界上带走,不过这时她又看见亮光,顺着亮光又来到篝火前十二个月坐在自己的石块上。"上天祝你们晚安,善良的人。我能不能在你们这儿稍微烤烤火?我已完全冻僵了,手脚都冻僵了。"玛鲁什卡请求说。

大谢辰点头并说:

上天也祝你晚安。可是,你怎么又来了,姑娘?""我来摘草莓。"玛鲁什卡答道。

"唉,但现在是冬天!草莓不长在雪地上。"大谢辰说。

"我知道,"玛鲁什卡难过地说,"但是,霍伦娜妹妹和后母命令我摘草莓。如果我摘不回去,就会倒霉。我恳求你们,善良的人,请告诉我,在哪儿可摘到草莓?"

大谢辰像上次那样,从自己坐的石块上站起来,走近坐在他对面的月份,给他棍子并说:

"八月兄弟,到我的位置上坐片刻!"

八月坐到最高的石块上,在篝火上方挥动棍子。篝火比原先蹿高三次,雪即刻融化,树上长出叶子,小鸟啁啾,到处开满夏天的花,林中空地上结满红色香甜的草莓。

"快,玛鲁什卡,快摘!"八月命令道。

兴高采烈的玛鲁什卡摘了一围裙草莓,好好向十二个月表示谢意,赶快回家。

霍伦娜和后母看见玛鲁什卡带着一满围裙草莓急匆匆回家,感到惊奇。

"你是在哪里摘的草莓?"霍伦娜以好像玛鲁什卡给她干了什么坏事的口气问道。

"在高高的山上长的。"玛鲁什卡答道,可是霍伦娜已经不听,她扑到香味飘到整个房子里的草莓上,吃得差点涨破肚子。后母也吃个够,但她们没给玛鲁什卡尝。过一段时间,霍伦娜又无聊得难受,想吃苹果。"玛鲁莎,你到山里去,给我摘回红苹果。"她命令道。

"哎呀,天哪,妹妹,你又想到什么?要知道真的谁也没听到过,苹果在冬天成熟。"

"噢,你这个废物,你这个懒鬼,我命令你做什么,你就做什么,不要顶撞!到山里去,如果你不给我摘来红苹果,我真的不会可怜你。"霍伦娜威胁道。

后母接着把玛鲁什卡推出门外,随后把门关上。玛鲁什卡哭着跑到山里。那里又下了大雪,风把她的足迹也刮跑了,因此她又迷路了,饥饿折磨着她,寒冷侵入她的骨髓。玛鲁什卡已不能继续穿越一道道雪墙,请求上天最好把她从这个世界上带走。但这时她又看见亮光，顺着亮光走近篝火，篝火周围坐着十二个月。"上天祝你们晚安，善良的人。上天慈悲，请你让我这个可怜的人烤烤火。"玛鲁什卡请求道。

大谢辰点头并说：

"上天也祝你晚安。你烤吧、烤吧，可是你怎么又来了，姑娘？"

我来摘红苹果。"姑娘答道。

"现在是冬天，不结红苹果。"大谢辰说。

"我知道，"玛鲁什卡难过地说，"但霍伦娜和后母派我来摘红苹果。我恳求你们，请你们再帮我一次！"大谢辰站起来，走向年纪较大的月份之一并说：捉"十月兄弟，到我的位置上坐一会儿！"

十月坐在最高的石块上，在篝火上方挥动棍子。篝火往上蹿，雪就完全消失。树叶发黄，草儿枯萎。玛鲁什卡突然看见有一棵苹果树，在它高高的枝丫末端挂着红苹果。

"摘呀，玛鲁什卡，快摘！"十月催促玛鲁什卡。她摇了摇苹果树，掉下一个苹果。她再摇，又掉下一个。

"拿走吧，玛鲁什卡，快跑回家去。"十月命令道。玛鲁什卡拿了那两个苹果，对十二个月好好表示谢意，赶紧回家。

霍伦娜和后母看见玛鲁什卡回家感到惊奇,赶快给她开门,她把那两个苹果递给她们。

"你是在哪里摘的苹果?"霍伦娜进门时就恶狠狠地问道。

"它们长在高高的山上,还多的是。"玛鲁什卡答道。

可是她真的不该说这个话,因为街伦娜立刻对她嚷道:

"你这个笨蛋,你这个懒鬼,你为什么不多摘几个?或者你自己在路上吃了?"

"哎呀,妹妹,我什么也没吃。我第一次摇苹果树,掉下一个苹果。我再摇,又掉下一个,他们不许我再摇。"玛鲁什卡说。

但霍伦娜和后母骂她是笨蛋或骗人,这样她就退到厨房,藏在壁炉下面。嘴馋的霍伦娜和后母马上啃起苹果来,这么香甜可口的苹果以前确实从未吃过。

吃完苹果,霍伦娜说:"喏,妈妈,你给我拿来皮大衣、毛头巾和高筒靴,我自己上山摘苹果。否则,那个懒鬼在路上又会把我们的苹果吃光。要知道我找得到那个长苹果树的地方,即使它就在地狱里,我要摘下所有苹果,即使魔鬼亲自守卫。"

母亲想说服霍伦娜,但白费劲。她穿上皮大衣,结上毛头巾,走出家门。

霍伦娜来到山里，不过那里雪组成一道道墙，不论什么地方也没人迹，更不必说道路了。她迷路很长时间，才看见远处有亮光，就朝着亮光走去，她走近篝火，周围坐着十二个男子，她只斜睨他们一眼。她既不问好，也不求他们，只把手掌伸直烤火，好像在那里篝火只为她一人而燃。

"你来干什么，你在这里找什么？"大谢辰厌恶地转向她。

"你这个老头子，你有什么理由来问我：我来这里干什么，我在找什么。"霍伦娜对大谢辰顶撞道，并钻进山里，似乎那里正好有苹果等着她。

大谢辰皱起眉头，在头上挥动棍子。随后，天空阴沉起来，篝火只剩下炽热的炭火，雪下得像筛面一样，从北方刮来冰冷而又锋利如刀的风。霍伦娜已看不见面前一步以外的东西，她越往前走，陷入的雪堆也越大。她首先咒骂玛鲁莎和上天，但后来她的四肢冻僵了。膝盖摔断了，直到跪在那里的雪堆里，落雪把她掩盖了。母亲等待着霍伦娜，透过窗子往外看，不时走出门外，不过时间不断流逝，而霍伦娜却没回家。

"她是不是因为有香甜的苹果吃而不愿意回家？或者这当中有什么问题？我可要去看她。"母亲自言自语，穿上皮大衣，缠上毛头巾，不同玛鲁什卡告别，就去寻找女儿。

但雪下得越来越密,风刮得越来越猛烈和凛冽,雪堆已经像城墙一样。母亲爬过雪堆,呼唤女儿,可是没人答应。在这种情况下,她自己迷路了,咒骂霍伦娜和上天,不过她的四肢冻僵了,膝盖摔断了,她也跪在雪地里了。

这时,玛鲁什卡在做中饭,照料奶牛和挤奶,但霍伦娜和后母都没回家。

晚上,玛鲁什卡坐在纺车下,心里老惦记着,她们这么久在哪里。她在纺车前坐了许久,直到深夜,纺锭早已纺满了,但她们两人仍毫无消息。

"哎呀,天哪,她们发生了什么事?"好姑娘挺担心,焦急地透过窗户朝外往黑暗里看。可是在那里看不见一个人影,暴风停息后,只见星光闪烁,被白雪覆盖的大地一片银装素裹。她难过地关上窗户,为妹妹和后母祈祷。早晨,她做早饭,又做中饭,等着她们,然而霍伦娜和后母都没回来。

她们死后给玛鲁什卡留下一座小房子,一头奶牛,一个小院子,房子周围的田地和小块草地。春天来临时,这一切也找到男主人,一个英俊的小伙子,他们两人过着平静美好的生活。

8
孤 儿

从前有一对夫妇，他们有一个男孩。不久以后，母亲去世了，父亲又结婚。不过，后来父亲也故去了，剩下男孩自己和后母，而她非常凶。她像砸酸野果那样打他，不给他吃饭。有一回，后母烤面包，也烤大饼，男孩偷拿了一个，逃进荒山。他在那里坐下，哭诉没有一个亲近的人，吃的只有那一个大饼。

可怜人哭了又哭，直到睡着了。当他一觉醒来，感到非常饿，于是就拿出那个大饼，准备吃点。

这时不知从哪里来了一个乞丐，站在他面前，乞求他给块饼。男孩给了他一块，乞丐说：

"你回头瞧瞧那里的那棵梨树，孩子。你在那里看见什么，就是你的。"

男孩回头瞧，看见那里挂着一把剑。他爬到梨树上，取下那把剑，爬下树来，要对乞丐表示感谢，但他已去无踪。后来，男孩又走了相当长一段路程，当他饿了，就又坐下,准备吃点。这时一个乞丐又站在他面前,乞求给块饼。男孩也给了他一块。乞丐这次叫他瞧瞧苹果树。

"你在那里看见什么,"这个乞丐也这么说,"就是你的,它会好好帮助你。"

那里有把小提琴,男孩摘下它。

他第三次坐下休息,啃大饼,乞丐第三次出现,乞求给一块。

男孩给了他一块,他要他瞧瞧核桃树。核桃树上挂着一根棍子。男孩也取下那根棍子,乞丐像前两人一样消失得无影无踪。

男孩站起来,觉得最好试试,用这些东西可干什么。他首先拿起剑来并对它命令道:

"你砍伐吧,亲爱的剑!"

此时此刻,剑把山中所有的树木都砍倒了。

"啊哈,这不是件坏礼物。"男孩想道,并把剑藏起来。

然后,他拿起小提琴,一开始拉,林中动物就跳起舞来,他也感到开心。这样,他把小提琴也藏起来。最后,他拿起那根棍子,起初实在不知道怎么办。但后来他把它插到地里,瞧,棍子周围立刻长出高到膝盖的青草。男孩也喜欢这件礼物,把它藏起来,继续往前走。他只走了片刻,碰到一个养羊场。他走进小木棚,鞠躬问好;

"上天赐福!"

"上天赐福!"老牧羊人答道。"你来干什么?""我来问你们雇不雇我做工。"

"你要当什么,当帮手吗?"

"听从上天吩咐。"小伙子答道。

"好吧,你坐下,这是给你的羊奶杯,先借后扣!"到了晚上,所有牧羊人都涌到小木棚睡觉。

"你躺在墙角的长椅上睡觉。"老牧人对他说。小伙子对他应当睡在里头感到奇怪并说:

"牧羊人通常睡在羊圈里,而不是睡在小木棚里!"

"难道应当由你来教训我们,小伙子?"老牧人说。"我是个男子汉,可是夜里外面发生的事儿,使我害怕在羊圈里睡觉。你只管进去睡!"

不过小伙子对此没见过,就去睡在羊群中间。他躺着,但不睡觉,并随时注意。时钟敲响12点钟,从一块石头后面慢慢爬出一条12头龙。

"你在这里干什么?"它对小伙子吼道。

但他并不害怕,回答它道:"你为什么要管这事?我在看护羊群。今天你一只也不能叼走,否则,你就必须同我较量!"

"你是个笨蛋!要知道,你连我的一个小手指头也对付不了!如果你珍惜生命,你就给我让开,让我吃个够!"

然而小伙子抽出剑并说:

"亲爱的剑！你大砍大杀吧！先砍下龙头，后把它剁成几段！"果真如此，小伙子在这以后安稳地睡到天亮。

天亮必须挤羊奶时，牧羊人起床，相互间这么说："那个小伙子是不是留下点什么痕迹？"

可是他们看见，小伙子完整无损，而龙却被砍成几段。牧羊人发出惊叫声，不相信自己的眼睛。但是，事实就是事实。

后来，老牧人派小伙子带着面包圈去牧羊。他把羊赶到一块不大的草场上，把棍子插到地里，那里立刻长出丰美的青草。因此羊群老在原地不动。然后他坐下，拿起小提琴，给羊群拉一会儿。羊群高兴地跳了跳舞，他也乐开怀。日到中天，小伙子从口袋里拿出面包圈吃。

这时又有一个头发花白的老乞丐走近他，乞求他给点面包。小伙子同他平分，乞丐说：

"你有颗善良而又勇敢的心，小伙子。你要知道，拥有养羊场的那个国王，因十二头龙被杀死而高兴，在城里筹备大型宴会。但不仅仅如此，他的女儿明天要挑选未来的夫婿。因此，国王降旨修建一座塔，在塔上修建阳台。公主将坐在阳台上，手中拿着金苹果。谁能跳到她那里，从她的手中夺得苹果，可娶她为妻。你现在走到那棵橡树底下，在树下扒拉。你在那儿可找到银色、金色和太阳服装。然后你绕过橡树，那里放牧着一匹马。你穿怎样的衣服，它就有怎样的颜色，明天你穿上衣服，骑上马，也去参加那个宴会。但是，别让人认出来！"

小伙子感谢老者，老者青烟一般消失。

然后小伙子带着羊群回家，所有的人都感到奇怪，他在哪里让羊吃得这么饱，因为羊一天下的奶等于过去三天，羊奶做的干酪也特棒。

第二天早上，小伙子又把羊群赶到那块草场上，在那里插进棍子，羊群在草地上平静地放牧。然后，他从橡树底下扒出银色的衣服，穿上它，到橡树后面牵马，也是银色的，飞奔进城！

这时比赛已经开始，公主的为数众多的求婚者已经跳了，但谁也跳不到公主那里。小伙子骑着马起跑、跳高并碰到公主手中的苹果。然后，他骑着马，回到自己的草场上，他脱下衣服，藏在橡树下，放马吃草，带着羊群回到养羊场。

次日，他好像什么也没有发生似的，把羊群赶到草场上，又让它们在棍子周围吃草，自己穿着金衣、骑着金马飞到城里。在那里，不止一个王子或贵族试图跳到公主那里，但徒劳无功。没有一个跳得那么高。可爱的小伙子催马跃起，立即把苹果夺到手中，但他暂时未夺。观众发出惊叫声，可是他这时已消失在远方。在他们反应过来以前，他就赶着羊群进圈。

的确谁也不知道,那个金色骑士是谁,他就这么走了,这让公主非常难过。

第三天,小伙子在橡树下穿上太阳服,骑上太阳马,朝着城市飞奔。一群群观众已在那里等着,究竟会发生什么事。不过小伙子这回已不等其他的人先跳,而是立刻起跑、跳跃,不仅夺得金苹果,而且也夺得公主的手绢,上面用金丝绣着花朵及公主的名字。

这时有雾飘落在城市上空,因而谁也看不见,骑手跑到哪里去了。只是他的脚在雾中稍微蹭了一下阳台,他就用那块手绢包扎伤口,赶快奔回家。可是,公主差点因思念能干又英俊的小伙子而死去。

国王束手无策,遂派人到养羊场寻找老牧人的帮手,因为人们告诉他,说他有把可赶走每次悲伤和痛苦的小提琴。

因此,小伙子一跑到羊群那儿,人们就叫他。他没有时间换衣服,只把宽而短的牧羊人外套披在太阳服上,拿起小提琴就走。千真万确,他一拉弓,公主不管愿意与否,就从床上跳起来,跳起舞来,因跳舞而笑逐颜开。当小伙子停止演奏,公主看他看得清楚些,看见他的脚上有自己的手绢。

"你在哪儿拿的那块手绢?"她马上问他。"我在路上捡到的。"小伙子说。

"给我,这是我的手绢!"

"噢,我真的不给!"小伙子顶她道。"我捡的,是我的。"

不过当公主还是要拿他的手绢,外套从小伙子的肩膀上滑落下来,在公主面前站着日夜想念的太阳骑士。

小伙子现在已不回养羊场去了,他只到森林中去找那匹忠实的马,没有它,他无论什么时候也不能娶公主为妻。他也想请自己的恩人参加婚礼,可是人们寻找他们,未能找到。他们一定正在别国帮助别的孤儿获得幸福。

9
蜜饼小屋

一个母亲有两个孩子,小男孩马奇柯和小女孩若芙卡。马奇柯年纪大些,也勇敢些,有一次说服妹妹一起求妈妈准许他们去采草莓。母亲长时间不愿放他们走,因为她担心,他们会迷路。可是他们不断恳求,她终于放他们走。她给了他们两个小筐,在每个筐里放了一小块面包,叮嘱他们不要走进深山、到什么地方游逛。在山坡上,两个孩子找到一整块草莓地,草莓有麻雀头那么大。

"哎哟,草莓多么漂亮、多么大呀!"若芙卡叫哥哥到她摘的地方去摘。

"你上这儿来,这里草莓像小铃铛一样挂着!"马奇柯又叫妹妹。他们就这样互相叫着,在采摘中你追我赶。

不过,随着他们这样跑去找越来越漂亮的草莓,他们就逛到山里去了,到这时才发觉,天已经黑了。他们把两个小筐都装满了,非常想跑回家,但往哪里跑?山中树木密得像篦子一样，夜幕也突然降临，一步以外就看不见。

他们在山上瞎碰了一会儿，最后坐在一棵橡树下，呆在那里。但过了片刻，若芙卡开始因害怕和寒冷而发抖。

"你知道，若芙卡，"马奇柯说，"我们不能这么留在这里。你等一会儿，我爬到树上看看，我们到哪儿去。

马奇柯爬到他们头顶的橡树上，从高处环顾四周，看哪儿有没有什么小木棚或小房子。他发觉不远的林中空地上有微小灯光，就赶快爬下来，同妹妹一起向着灯光跑去。林中空地上有座小房子，不过屋内寂静无声，好像没人住在那里似的。

他们感到为难：应不应当进去？

"须知那里人们不认得我们。"若芙卡害怕道。

"天知道，那是些什么人。"马奇柯也觉得不应当进去。"这样吧，我们就躲在这里的屋檐下，早晨就能找到离开这座小房子、一定会把我们带回家的小路。要知道人们从哪里到这儿来，我们也能从那里走到村里。"两个孩子在屋檐下紧紧地贴着墙壁，一动不动。不过他们已经饿了，又实在没有什么可吃的，因为妈妈给他们的那小块面包早已吃光，他们摘的草莓又在摸黑穿过森林时洒掉了。

若芙卡一贴近墙壁，墙上就掉下一小块，挨着饿的她不知怎么把它放进嘴里，因为她觉得它软得像面包。

墙皮不仅软得像面包，而且甜得像加了蜜的糕点。若美卡又剥了一小块，也叫哥哥剥。由于两人都饿了，他们就这样从墙上剥，直到在墙上掏出一个通到屋里的洞。

"啊哈，你们就是那些每天剥我的墙壁的坏蛋！我终于把你们逮住了！"一个瘦骨如柴、大鼻子的老太婆突然对他们大叫大嚷道，她揪住马奇柯和若芙卡的头发，通过那个洞把他们一个接一个拉进屋里。她会怎么对他们，兄妹已怕得发抖，可是老太婆平静下来，没把他们怎样。她甚至还抚摸他们，叫他们不要害怕，把他们安顿在小床上睡觉。不过妖婆已有自己的计划，早晨两个孩子要去找母亲，她连听也不想听。她给他们做加牛奶的疙瘩汤，烤饼，但不准他们离开。两个孩子也到小屋四周看看，然而确实没有任何一条小路从小屋通往别处，因此他们不知道应当朝哪个方向走。而妖婆也像猫盯着老鼠那样，不断盯着他们，不让他们溜掉。

有一回，妖婆必须去某个地方，马奇柯就到山里去试一试找路。但妖婆很快就赶回来，大发脾气。她揪住马奇柯的头发，把他拉回家。不过，这还不是一切。从这天起，她就不放他们进屋，而把他们关进畜圈，只偶尔放他们出来晒太阳。

"你怎么看,马奇柯,妖婆打算把我们怎样?"这个问题引起若芙卡的不安。

"我也正在考虑这点。不过我不知道。但是,那肯定不会是什么好的。"

有一次,妖婆到着圈来并说:

"小伙子,把小手指头从这条缝中伸出来!"马奇柯预感到什么、因为他知道妖婆着不清楚,为了验证,他伸给她的不是小手指头,而是大拇指。妖婆摸了摸大拇指,觉得不怎样。

"你还瘦。"她摇了摇头,就走开了。

"你听着,若芙卡,我已经知道,妖婆打算把我们怎样了。她喂我们,想把我们吃掉。不过你别怕,我们可以用智慧通过她这一关。幸好妖婆视力不好。从现在起,我们要对她说,我们已经胖得动不了。"

他们就这么做。有一回,妖婆又来放他们晒太阳。他们告诉她,他们肥得走不动。妖婆感到高兴。她弄了一辆独轮车,从这天起用车把他们推出畜圈,让他们在室外稍微透透风。两个孩子为了让她觉得他们体重不断增加,总是把越来越大的石块放到车里。

妖魔鬼怪的最大节日临近了,妖婆在炉灶内生火,要把马奇柯和若芙卡烤了,因为她请了许多宾客到自己家里来。

"走,孩子们,我稍微陪陪你们去晒太阳。"当炉灶已经烧热,她叫他们。

"你是知道的,我们走不动。今天的体重已经不是前天的那么多,我们的脂肪又增加了。"马奇柯说。

"这就好,"老太婆哈哈大笑,"你们的脂肪增多了。我好好地、一个一个地推你们。"她推来车子,不过这回不是木头的,而是铁制的。妖婆说要一个个推他们,马奇柯听了就不喜欢,等到看见铁车子,就猜着。

"你先走,小伙子。"妖婆说。

"要知道,在那辆铁车子里,我浑身上下都会被碰伤。"小伙子说。

"喏,好吧,我给你铺一下,"妖婆说并抱来一大抱稻草,把车子装满。

"噢,稻草太多了,我这么胖,会从草堆上掉下。"马奇柯推托道。

"你在上面坐得住。"妖婆催他道。

"假如您帮我稍微压压稻草,以后我就一定不会滚下来。"马奇柯说服妖婆。这样,妖婆终于坐在车里压稻草,而马奇柯则灵巧地抓住车子,对若芙卡叫道:

"快来帮忙,妹妹!"

两个孩子把妖婆推向炉灶,并突然一下子把她推进去。妖婆为了得救,开始拼命挣扎,但马奇柯转瞬间抓住一把扫帚,就用扫帚把她往炉灶深处推。他干得好,因为那是一把魔帚,当他用魔帚碰到妖婆,她立即就气化了。

"我们得救了!"马奇柯拥抱若芙卡。"不过我们现在不能逛出山中,而要找到回家的路。"

他们最初在附近找,然后也到更远的地方找,但哪儿也找不到。妖婆并不需要路,须知她是在扫帚上飞的。两个孩子长时间在密林中走来走去,可是最后疲惫不堪地回到小屋,准备第二天再试着寻找。由于一整天饿坏了,他们又从小屋墙上剥点蜜饼并开始吃。他们吃的时候,头上有什么东西说道:

"你们吃呀,吃呀,可不给我吃!?"

他们抬头张望,看见房柱上挂着一个鸟笼,鸟笼里有一只美丽的燕雀。马奇柯站在凳子上,给燕雀打开鸟笼。它飞到桌上,啄残渣,然后说:

"过去情况糟糕,但是以后可能更糟。你们现在跟我走,我们必须逃走!"

"你认得路吗,可爱的小鸟?"

燕雀发出叫声,飞出门外,飞到林中,两个孩子跟在它后面。它总是飞一小段路程,就叫一叫,孩子跟着它的声音走。它就这样把他们从山中带到草地,再从草地带到田野。

在那里,可爱的燕雀落到若芙卡的肩膀上。她开始抚摸它。可是在她抚摸它时,她的手指碰到某种硬东西。

"你瞧,马奇柯,"她转向哥哥,"要知道,燕雀脖子上有个环!"

"让我看看,我要把它取下来,须知这可怜的小东西,带着这么重的东西,飞了这么长时间。"他小心地帮燕雀取下环。这时,燕雀拍了拍双翅,变成一位美丽的姑娘。

两个孩子惊奇得说不出话来,但喜笑颜开的姑娘开始拥抱他们并说:

"谢谢你们,孩子们,你们带我从脖子上取下那个环,从而解救了我。我是相邻王国国王的女儿。妖婆把我抓了,把那个环套在我的脖子上,要我永远像笼中燕雀那样为她唱歌。对你们还会更糟,妖魔们在宴会上要把你们吃了。现在你们已经什么事也不会发生,不过妖婆的客人半夜来找她,当他们在小屋里找不着妖婆,就会把小屋烧成灰烬。假如我们留在那里,我们就会被烧死在屋里。"

然后,国王的女儿同两个孩子告别,因为马奇柯和若芙卡已认得从田野回家的路。

母亲已为自己丢失的孩子而痛哭,因此当他们活着健康归来,她甭提多高兴。诚然,马奇柯和若芙卡在这么长时间分别和经历过这样的事情以后,又能拥抱自己的好妈妈,也同样感到十分高兴。获救的公主送给他们一车礼物,因此他们从那个时候起生活也过得很好。

10
坏哥哥

从前有一个母亲,她有两个儿子:翁德烈和米哈尔。老大翁德烈12岁时,母亲对他说:

"啊,亲爱的儿子,你已经长大了,你们的母亲往后已养不了你们两个啦。也许你应当出去找活干。"

大儿子同母亲和弟弟告别,提个小包袱走了,从此杳无音信。

老二米什柯[1]长大后,母亲也对他说:

"亲爱的儿子,我身体越来越衰弱,或许你也应当外出到某个地方去。"

母亲给米什柯烤了三张饼在路上吃,他哭着同慈母告别,就走了。

他走了又走,大饼吃光了,没有什么可吃的,于是就只以各种植物根充饥。

有一回,他非常饿,发现一只大蚂蚁。

---

1 米哈尔的昵称

"我已经受够了,我要把那只蚂蚁吃了,以此填饱肚子。"他自言自语,但蚂蚁却开口说:

"啊,别吃,米什柯,别吃我!你将会看到,我会好好报答你。"

米什柯感到奇怪,摇了摇头,不过他说:

"喏,既然你这么求我,我就饶你一命,尽管我很饿。不过请你告诉我,怎么走出这座山。"

蚂蚁给他指出一条小路,米什柯往前走。他这里吃一种根,那里吃一个草莓,饥饿一直折磨着他。他忽然看见一朵大花,上面有一只异常大的蜜蜂。

"我的天,我从来没有吃过蜜蜂,可是我现在很饿,需要把它吃了。"米什柯自言自语,然而蜜蜂转向他说道:

"别吃,米什柯,别吃我。我会好好帮助你,你将会看到。"

米什柯饿得哭了,不过他可怜蜜蜂,他说:

"好吧,我不吃你,但是你得给我点什么吃的,因为我饿极了!"

可是蜜蜂什么也没有,此时它既没有蜂蜜,脚上也不带花粉,只给他指出一条可走出山的路。

米什柯沿着那条路往前走,可是山仍然没完没了,他就以一切可能的办法维持生命。他在这里捡到个核桃,在那里扒出几根草根。

一次,有什么东西在树上呱呱叫。米什柯抬头一瞧,看见乌鸦在窝里喂小鸟。他高兴了，爬到树上，想把乌鸦捉住，定能吃饱。不过乌鸦马上对他说：

"别吃，米什柯，别吃我，我会好好报答你。"但挨饿的米什柯已什么话也不愿意听，他说：

"我饿得已经连看也看不清。我要把你吃了，或者你至少把小乌鸦给我。"

可是乌鸦一个劲地求他：

"饶了我们吧，米什柯，你很快就可走出山里，出了山会给你吃饱的。"

米什柯听从劝说，免乌鸦一死，继续往前走。一个美丽的国家展现在他的面前，他看见一座大城市。

米什柯哪儿也不停留，直接去找国王，求国王给他点活干。

国王把他上下打量一番后说：

"好吧，小伙子。我有很多鹅，只有一个牧鹅人。这对他来说已经太多了，你可同他一起放鹅。"

米什柯就这样按说好的要求放鹅。他走近鹅群，感到非常惊奇而又高兴，因为他在那里找到自己的哥哥翁德烈。但翁德烈对见到弟弟、应当把半群鹅交给他放并不高兴。他在家时就总是嫉妒他的一切，不过在母亲面前他还是自我克制了。可是在这里他开始琢磨，怎么把他除掉。

有一次，国王散步，看见大牧鹅人在花园里闲逛。"淘气鬼，你在这里干什么？"国王问翁德烈。

"国王陛下，我在这里等您。我弟弟说，如果您把您最小的女儿许配给他，他独自一个人一个晚上就能把所有庄稼都割完、捆好并送到仓库里。我就是来告诉您这件事的。"

国王下令把米什柯叫来，对他说：

"据说你讲过，如果我把自己最小的女儿给你，你一个晚上就能把我所有的庄稼都割完、捆好并放到仓库里。"

"我没说过这样的话。"米什柯否认道。但国王发话了：

"不管你说没说过，你现在就必须做到，否则你将被砍头。"

可怜的米什柯走到后院，在那里哭开了。不过这时那只大蚂蚁不知从哪个地方来了，站在他面前，安慰他道：

"别难过，米什柯，去睡觉。我曾经对你说过，有一天我要好好报答你。"然后，它吹起银喇叭，全世界的蚂蚁开始涌到这里来，因为那只大蚂蚁是它们的大王。蚂蚁投入了工作，天亮前一切事都完成。

当太阳露出了地平线，米什柯还在睡觉。国王想知道情况怎样，从窗里往外看。他瞧着，所有粮食都已入仓，装不进的，一捆捆立在仓库前。国王穿上衣服，来到地里。

他在那里最先看到的,是米什柯睡得正甜。国王感到惊奇,他叫醒米什柯,夸奖他活干得好,但对把女儿许配给他为妻,却不吭一声,就又派他去放鹅了。

几天以后,国王外出散步,大牧鹅人又在宫殿门口闲逛,他说:

"我弟弟说,如果您把最小的女儿许配给他,他一夜之间就能盖起更漂亮的宫殿。"

国王下令即刻把来什柯叫来,命令他在一夜之间盖起更漂亮的宫殿,否则将被砍头。

难过的米什柯到花园里去,在那里哭开了。当他在那里坐着想自己命运多舛,有什么东西落在他的肩上他一瞧,是山中的那只蜜蜂。

"你为什么哭,米什柯?"蜜蜂问。

"你知道,亲爱的蜜蜂,哥哥对国王撒谎,说我自诩,如果国王把他最小的女儿许配给我,我在天亮以就能盖起他那样的宫殿,甚至更漂亮。"

"别哭,米什柯,去睡觉。我今天晚上偿还欠你的债。"大蜜蜂说。它吹起金喇叭,世界所有的蜜蜂都它飞来,因为它是它们的蜂王。它们一飞到,马上就始建造。它们像在蜂窝里就习惯的那样使劲干,天亮以前一切就都办好了。

国王早晨起来,透过窗户往外瞧,看见花园里耸立着一座漂亮的宫殿,有座水晶桥从那里通往国王的殿。国王亲自去找米什柯,唤醒他,称赞他,却又把派他去放鹅。

过了几天,国王又外出散步,大牧鹅人在宫殿前路上闲逛。

"你有什么新鲜事儿?"国王问他。

"只有一点,我弟弟又在吹牛,说如果您把最小的女儿许配给他为妻,他能在宫殿院子里建造一个宝座,镶嵌的宝石之多,举世无双。"

"他说了这个话?好吧,你马上把他给我送到这里来!"国王对翁德烈下令道。

米什柯来到国王面前,就知道哥哥又说了他什么。国王命令米什柯做最瑰丽的宝座,否则,他将被处死。

米什柯走到湖边,坐在那里的一棵柳树下,他想,迄今为止蚂蚁和蜜蜂都帮了他的忙,乌鸦可能也会帮助他。他一想到此,柳树的树冠上就有什么东西沙沙作响,他所熟悉的乌鸦就落到他前面的草地上。

它喜欢米什柯,他也热烈欢迎它,它对他说:

"我来帮助你,正像我答应你的。我的臣民将从世界各个角落给你运来宝石,天亮以前在院子里将会有一个远近最漂亮的宝座。但是,你好好听我的话,国王早晨来时,你别怕,要骄傲而又理直气壮地要求属于你的东西：公主、宫殿及宝座。如果国王不愿意给你，你就在手指上转动这个戒指三次。现在到院子里去，在那里的角落里睡觉，不过早晨要比国王早起来，先坐在宝座上。"

乌鸦女王说完，就把一个戒指交给他，之后，拿起钻石喇叭吹起来。它的臣民从世界的各个角落飞拢来，投入工作。

东方天空一发白，国王跑到院子里一看，他的眼睛差点被宝石的亮光扎瞎了。环顾四周，他看见：小牧鹅人坐在宝座上！国王立刻大发脾气，恶狠狠地说：

"你在这里要干什么？给我去放鹅，否则我就把你交给刽子手！"

但米什柯一动不动，无畏地说：

"我已经不再去放鹅，鹅将由我哥哥一直放到死。我在这里要什么？我只要自己的，这个宝座，这座宫殿，还要您最小的女儿作妻子。"

"啊，你这个瞎了眼的，你这个废物！"国王气得发抖："这里什么也不是你的，我女儿嘲笑你，不要你。但即使她要你，我也不把她给你，不管你做了什么！"

国王说完，米什柯转动手指上的戒指，全世界成千上万的蚂蚁开始跑到这里来，成千上万的蜜蜂和乌鸦开始飞到这里来，扑到背信弃义的国王身上及其宫殿上。

过了片刻，国王和宫殿都没有留下任何痕迹：它们把宫殿和国王变为齑粉，带到四面八方，天知道风把那些粉末刮到哪里。

后来，米什柯当了国王，因为大家都知道，他打了粮食，盖了宫殿和宝座，为人勇敢。但他未娶最小的公主，而是把她给自己的哥哥为妻，让他们一起放鹅。他后来去找自己亲爱的母亲，在故乡也找到美丽而善良的未婚妻。

11
扬珂的宠物

京城里有个穷寡妇,她有个小儿子扬尼克。他是个可爱、听话的男孩,在学校里也学得好。扬尼克每天放学后到王宫的垃圾堆去,因为穷男孩有时在那里可捡到点什么。有一次,他幸运地捡到一个银币。他高兴得跑去找母亲,向她夸耀捡到的东西。母亲也感到高兴,问道:

"你准备用那个银币做什么,孩子?"扬尼克想了想说:

"母亲,我准备把这个银币保存起来,它以后可能会用在什么上面。

第二天,扬尼克去上学,忽然听到一只狗大叫、哀号。他走近前去,看见几个小男孩在打一只小狗。他对那可怜的东西心疼了,说:

"小伙子们,别打那只狗!我把它带走,给你们一个硬币。"

"好吧,你把钱拿来,把它带走!"小男孩感到高兴。

扬尼克把小狗带回家,母亲责怪他:

"啊,小狗对你有什么用?你用什么喂它?要知道,连你自个儿也没有什么吃的!"

"别责怪我,母亲。我给它捡干面包皮,就这么喂它。它可能会好好帮我们的忙。"

从那时起,扬珂[1]不论在哪儿看见一块干面包皮,就把它捡起来,带给自己的小狗吃。

不久以后,他上学去,又听到叫声。他跑上前去,看见还是那几个淘气的小男孩在打一只小猫。扬珂开始可怜起小动物来,他说:

"你们把那只猫给我,我给你们一个硬币。"

小男孩拿了硬币,停止折磨小猫。

扬尼克把它带回家,可是在家里母亲又责怪他:"如果你再给我带回什么来,你就从家里滚出去。你等着瞧!"

扬尼克默不作声,害怕说话,免得吃耳光。他有两只宠物,不过只有一个硬币了。

有一回,是个星期天,他从教堂里走出来,又碰上那几个调皮的小伙子,从老远就看见他们在打一条小蛇。他走近他们并说:

"小伙子们,别打死那条蛇,还是把它给我吧!""我

---

[1] 扬珂、扬尼克都是扬的昵称。

们会给的,"小伙子们同意说,"如果你给我们一个硬币。"

扬尼克犹豫不决,须知这已是他最后的一点钱了,但他后来下决心给他们,把小蛇带走了。

事后他才想起,母亲上次怎么对他进行威胁。"得啦,听天由命吧,"他想道,"要怎样,就怎样。"接着回家去了。

他走进破旧的小屋,可是母亲还没有从教堂里回来。他就把小蛇放到炉旁,同小狗和小猫放在一起,等着母亲归来。他已准备不说实话,但当母亲回来时,他还是对她说了实话。她也感到不快,不过最后对扬尼克说:"真的,孩子,你有颗这么善良的心,我还是感到高兴。"

扬尼克养自己的那些宠物,直到有一天,已经长大的小蛇对他这么说:

"扬尼克,喏,坐到我身上,我们一起去找我的父亲。"

扬尼克坐到小蛇身上,山岭和谷地就落在他们后面。不论他们从哪里经过,那里的蛇就跑到路上向小蛇鞠躬。小蛇途中回头对扬尼克说:

"你听着,扬尼克,我父亲是众蛇之王。你救我免于一死,我父亲要奖赏你。可是不论他给你什么东西,你不要任何别的,只要他最小的戒指。当你在手指上转动那个戒指三次,立刻就有十二个巨人站在你的面前,问你吩咐他们做什么。"

他们来到一块巨石前,小蛇用一种草碰了碰它,巨石就打开了。在那金光闪烁的山洞里,蛇王坐在极其漂亮的宝座上。父亲对他的儿子回家,无比高兴。

蛇王子对父亲讲述他发生了什么事,最后说:

"假如没有这位勇敢而好心的小伙子,你真的就再也看不见我了。他救我又喂我,尽管自个儿有时没什么吃的。你奖赏他吧,父亲!"

"我会奖赏他的,"蛇王点头道,"他在这里看见什么,就让他拿什么。"

"我要你那个最小的戒指,我喜欢它。"扬珂说。"可要知道,你在这里可以要金、银和宝石,这些东西你随便拿吧!只是那小戒指...."蛇王吝惜道。

"既然你不把小戒指给我,那就再见吧!"扬珂要走开。

"等一等,"小蛇的父亲在他背后叫道,"我对你说过,你可以拿走你在这里看见的任何东西。我信守自己的诺言,给你这个戒指。但是,你对它要非常当心!"由扬尼克感谢蛇王,同小蛇告别,赶紧回家。可是在途中他不禁试了试戒指。他三次转动戒指,巨人立即站在他面前并问:

"您有何吩咐,年轻的主人?"

"去,给母亲的小储藏室送六袋面粉,一桶羊奶酪,在阁楼上挂六块咸肉!"

"遵命。"巨人说,随即消失。

扬尼克回到家里,操心的母亲已望眼欲穿:

"你没告诉我,孩子,就到哪儿去了?"

"别生气,母亲,我同小蛇一起到它父亲那里去了。我也把它留在那里,"扬尼克说,"不过我走路走饿了,您能给我做点疙瘩吗?"

"啊,亲爱的儿子,只能用炉灰做。我们连一丁点儿面粉也没有。"

"您还是到小储藏室去看看,也许能找到。"

"在没放过东西的地方找,白找。"母亲反驳道,不过她还是站起来走了。她在小储藏室里看到六袋白白的面粉,满满一桶羊奶酪。她拿了一些面粉及奶酪,拌在一起,煮好了,在疙瘩上又放了许多奶酪,不过后来又说:"但是我们实在没有大油或咸肉,可用来炒一炒。"

"我们要是有呢?"扬尼克说,"您到阁楼上去,母亲,在那里也许可找到一块咸肉。"

母亲已不需要别人太多催促,就去了。在阁楼上真的挂着六块咸肉。母亲用咸肉油炒疙瘩,他们两人都吃得津津有味,小狗和小猫也各得一份。

岁月飞逝,若干年后扬尼克长成英俊机灵的年轻人。

"母亲," 有一次他说,"我想结婚。我们的国王有个女儿,您去求她作我的妻子!"

"啊,我的儿子,你想的是什么呀?"母亲惊叫道。

"喏,既然我求您,您只管去。"扬珂说道。

这样,她就去了,一直走到国王面前。

"我儿子祝您日安、身体健康,向您致意,请问您是否把您的女儿许配给他为妻?"

"您和您的儿子是谁?"国王问道。

"我是个寡妇,同儿子一起住在你们花园旁边的那座小屋里。"她说。

国王心里发笑,不过他大声说道:

"您也替我向您的儿子问好,并说我将把女儿许配给他,但是只有他能在天亮以前盖起像我这样的宫殿时,我才能把女儿给他。"

母亲回到家,儿子立刻问她:

"怎么,母亲,国王说什么?"

"他说,如果你天亮前给他盖好像他那样的宫殿,他就把女儿许配给你。"

扬珂没说什么。当母亲躺下睡觉时,他就三次转动手指上的戒指,在他的面前突然站着十二个巨人:

"您有何吩咐,年轻的主人?"

"你们天亮以前要在那边的草地上,给我盖好一座像国王那样的,甚至更漂亮的宫殿!"

"遵命。"巨人说，随即消失。

扬珂安稳地躺下睡觉，一直睡到天亮。当他日出时醒来，宫殿已耸立在那里。

母亲感到惊奇，现在扬珂派她去找国王，她也不再犹豫了。

母亲来到国王跟前，国王已在等她。

"您儿子真能干，"国王说，"但是您告诉他，我还不把女儿许配给他。当他在天亮以前把那里多石的山头变成美丽的葡萄园，葡萄结出果实，他送一杯葡萄酒来给我品尝，我就把女儿给他。"

母亲回到家，把国王对她说的话告诉扬珂。晚上她躺下睡觉，他转动戒指三次，巨人来了，早晨他起床时，一切都已准备停当。

国王品尝葡萄酒，觉得很可口，但还不愿把女儿许配给扬珂，又为他想出一项任务。

"您告诉你的儿子，他的葡萄酒是一级的，"他对母亲说，"但如果他要得到我女儿，他还必须叫人从我的宫殿到自己的宫殿修一座桥，旁边种各种果树，其中一些开花，另一些果实还发青，还有一些已经在成熟。如果他能办到这些，我就把公主许配给他作妻子。"

扬尼克这件事也办到了，国王的女儿成了他的妻子。第一天宴会在国王那里举行，第二天宾客应到扬珂那里赴宴。不过当国王早晨透过窗户往外看，他感到奇怪，扬珂宫殿的烟囱都不冒烟。"这是怎么回事，"他想，"客人要来，他们那里连火也还没生？"

国王派一个仆人去打听，发生了什么事，仆人回来说，厨房里只熬点粥。这是扬珂叫人为小狗小猫熬的。

国王感到奇怪和担心，这怎么办，不过扬珂的仆人已开始叫客人赴午宴。

扬珂走到外面，转动手指上的戒指三次，桌子就被珍馐佳肴压弯了，葡萄酒流得像小河似的。

婚礼结束了，扬珂同妻子生活在一起。公主虽然表面上装成喜欢扬珂，但同时又偷偷策划反对他的阴谋。她知道扬珂有某种魔力，可是不知道其魔力在哪里。这使她非常难受，于是她就缠着他，直到他告诉她。从那一刻起，公主就在等待机会。

有一回，星期天，扬珂在用了一顿好的午餐以后，睡得很死，她悄悄把戒指从他的小指上退下来，戴到自己的手指上。然后，她三次转动戒指，差点站不住跌倒，12个巨人站在她的面前：

"您有何吩咐，年轻的女主人？"

"我命令你们，"她清醒过来，"把这座宫殿挂在黑海上的一根金发上，把我丈夫及其母亲、狗和猫留在这里。"

巨人们点了点头，然后就消失不见了，宫殿也随即消失。

扬珂一觉醒来，看到自己的头上是一片光溜溜的天空，他的宫殿不知哪里去了。他看了看小指，小指也是光溜溜的，戒指也不知哪里去了！

"这没什么，"扬珂对母亲说，"我们以往也生活，也许现在也能靠某种办法过活。"他们都回到小屋。

几天以后，小猫同小狗一起来找扬珂，这么对他说：

"你听着，扬珂。那枚戒指是你好好照料小蛇而得到的。它只属于你，因此如果你放我们走，我们就去找它。"

"我放你们走，"扬珂点头道，"只希望你们别出什么事。"

小猫和小狗就这么走了。它们走过山岭，走过谷地，问每个碰到的人，对失去的宫殿是否了解，可是一切都徒劳无益。直到经过长途跋涉，来到黑海，看见了那座宫殿挂在海上的一根金发上。

"喏，谢天谢地，"小猫感到高兴，"宫殿在这里，不过我们怎么进去？"

"你知道，"小狗说，"我游水游得好，你骑在我的背上，我们就这样游过去。"

它们游呀游，长时间地游，直到夜晚降临以前，太阳已经走到地平线下面去，才游到宫殿。这时正好有人从海里打水，小猫和小狗就赶快跳进桶里，让人提上来。小狗迅速钻进厨房，小猫蹲到窗子里窗帘后面，以便看清公主睡觉的房间里发生什么事。天黑时，公主点燃蜡烛，在房间里走来走去，寻找夜间藏戒指的地方。由于她对戒指非常担心，最后把它放在舌头下面，躺下睡觉。

午夜前后，她睡得最熟，小猫从窗上出溜到床上，在公主鼻子底下摇摆毛绒绒的尾巴。猫毛一搔，公主就打喷嚏，戒指叮当一声掉到地上。她未发觉发生了什么事。于是小猫捡起戒指，跑到厨房找小狗。

天一亮，小猫和小狗就爬进水桶，女佣去打水，恰好把它们往下放。

不过，在海的中间，小狗开始请求小猫：

"我求你，把那个戒指给我一会儿，使我也能说，我也带过它。"

"我不给，你会把它弄丢的。"小猫担心道。

可是小猫不给，小狗就不断地求它，最后小猫还是把戒指给了小狗。不料当一只大鸟从它们头上飞过时，它们离岸已近在咫尺，小狗对着大鸟吠叫，戒指扑通一声掉进海里。

小狗白白伤心，小猫白白生气，戒指还是没有。但这时有条小鱼跃出水面，小猫捉住它，令人无比高兴的是，戒指就在小鱼腹中。

小动物稍微休息一下，又继续往前走。它们翻越过山岭谷地，一直幸运地走到扬珂的小屋。他亲切地欢迎它们，喂饱它们，让它们喝个够，然后才问：

"喏，你们事情办得怎样，亲爱的伙伴？"

这时小猫站在小狗的背上，伸长身子，把戒指戴在扬珂的小指上。

只有在这以后，所有的人才皆大欢喜。不过，扬珂已不再吩咐巨人盖宫殿和执行国王各种各样随心所欲的旨意。巨人只做扬珂及其邻居无力做的事。

12
老牧羊犬与狼

牧羊人有只名叫博德里克的狗,它长年不分昼夜给他看羊,因此任何一只狼都不敢接近羊圈。不过后来博德里克老了,已不像从前那么灵便。

"必须把老狗抛弃!"牧羊人说,"既然它已经只能这么东游西逛,还养它干什么?"

牧羊人弄到一只年轻的狗,养它,抚摸它,把它放到羊圈去。

老博德里克躺在垃圾堆上挨饿,它感到惋惜的是,主人对它这么忘恩负义。

夜晚来临了,年轻的狗爬进狗窝,在那里的麻秸上打盹。习惯于看羊的老博德里克发觉,有一只狼正在走来。它本想跳过围栏,但因饿坏了,四只脚跑不动。它难过得又躺下,心想:既然我没有什么吃的,就至少让狼有某种东西放进嘴里。它一声不吠。

早晨牧羊人去挤奶,发觉少了一头羊。这时他脑子清楚了。假如老博德里克看着,狼就不会把羊叼走!

牧羊人把老博德里克叫来,抚摸它,好好喂它。老博德里克高兴地摇起尾巴。它中午在太阳底下睡觉,晚上在羊圈周围巡逻,因为它知道,狼一旦上钩,还会再来。狼确实也来了,好像是来吃现成的。

博德里克站在狼的对面:

"你在这里要什么?"

"我要羊。"狼说。

"滚开,我不会把羊给你!"博德里克对它汪汪叫。"你还是把羊给我,我可同你一起分。即便如此,主人也不会让你吃饱。"

"不错,昨天主人没喂我,"博德里克回答它,"我饿了,没劲了,于是你就轻而易举地把羊叼走了。但是,今天主人好好地喂了我,我又有力气了,我不会把羊给你。"

"既然你不把羊给我,我要同你干仗。你准备着!""既然你想打架,你也准备着!现在我要看护羊圈,不过早晨我就到山里去,然后就可一决雌雄。"

狼只嗥叫了一下,就跑到山中去寻求援助。它去找狗熊和狐狸,它们答应帮助它。

狗很了解狼的习惯,也不是自个儿进山,而是随身带看自己多年以来的同伴猪和老公猫。狗自己一只脚虽已病了,同伴也不是太年轻,但它们都是忠诚的、久经考验的。

当狗熊和狐狸从远处看见来者,打架斗殴的兴趣就全没了。

"你们瞧,小弟兄们,"狗熊叫道,"那只狗一直弯着腰。它肯定是在捡石头,要打我们。

那是狗在一瘸一拐地走,而狗熊觉得,狗在弯腰捡石头。

狐狸也害怕了:"你们瞧那第二只!要知道,它挥动马刀在自己周围乱砍!"

那是公猫在用竖起的尾巴驱赶什么东西,而狐狸认为,它有马刀。

狗熊吓坏了,爬到树上,狐狸吓疯了,逃到荆棘中。当伙伴们来到山里,公猫快活地打呼噜道:"呼噜、呼噜、呼噜。"不过狐狸理解成它说:"刺骨、刺骨、刺骨,"并提醒其它同伙注意,说它们应当跟着它逃到那里。它没等它们,就挣脱灌木丛,逃走了。

猪也开始在树下打呼噜:"呼噜、呼噜、呼噜。"不过也已不年轻并有点耳聋的狗熊,把呼噜听成"树冠、树冠、树冠",认为是猪知道它在树冠上,要在下面挖根刨底,以便捉住它。狗熊不敢怠慢,就悄悄从树上出溜下来,跑进覆盆子丛,不见踪影了。

狼只剩下自己，暗地里庆幸自己能毫无损伤地逃脱。老博德里克高兴地叫，直到山发出回声。它感谢同伴帮助它，送它们到半路。

后来，博德里克教会年轻的牧羊犬，牧羊人仍然喜欢它，给它养老送终。

13
风王的故事

一位国王有一双儿女。儿子长得像太阳，女儿长得像红霞，父亲可高兴了，当兄妹两人手挽着手在花园里散步、人们也喜欢瞧。

但有一次，国王同女儿一起坐马车到城外去，刮起了大风，公主从马车上消失不见了。国王向四面八方张望。可是毫无公主的消息。于是他就派仆人到全国去寻找，然而去寻找的人找不到公主。国王难过了。

"啊，父亲。"心里也不轻松的儿子对他说，别这么难过，莫悲伤，不要失去希望！我可以去找她。上天保佑我找到她！"

国王为儿子祝福，以上天的名义派他去找。

他走过山岗，走过谷地，碰到谁就问谁，可是不论哪儿也没有他妹妹的踪迹。他就这么走着，一天来到一个美丽的湖边，在湖上看见一群鸭子。他从肩上摘下猎枪，瞄准那只最大的鸭子。不过这时他听到：

"小伙子,别开枪!我会好好帮助你。我知道你哪里,你走的方向对,你妹妹在风王的风宫里!"

王子感到惊奇、就又把猎枪挎在肩上,继续往前走。不久,他走近一个占据了整条路的大蚂蚁窝。他停住脚步,开始用棍子戳蚂蚁窝,想把它拨开点,以便走过去。蚂蚁窝里涌出一团团乌云般的蚂蚁,直到最后才走出一只大的、长了翅膀的蚂蚁,它说:

"别破坏我的宫殿。即使它挡住你的去路。你可以从密林旁边绕行。我有一天会好好帮助你。"

可爱的王子对所听到的付诸一笑,可是他没打扰蚂蚁窝,绕过了它。不过当他继续往前走,道路开始拐弯,他迷入一片密林。恰好在他觉得可走出密林的地方,有个大的干树桩挡道,里面净是蜜蜂。他要放火烧它,以火开道,可是突然从树桩里走出一只蜂王。说:"别烧我的房子,瞧,我的蜜蜂从哪里飞。你也能从哪里走出密林。有一天我会好好帮助你。"

王子听蜂王的话,留下树桩,像蜂王给他指点的那样,继续走路。

他终于走出那片密林,在自己面前光秃秃的山岗上看见一座宫殿。

"喏,谢天谢地,我真的已经到这里了!"他沿着山岗往上攀登。

但艰难险阻还在这里等着他。大风从宫殿刮过来，差点把他刮跑，他只能手脚着地往山岗上爬。他来到宫殿，敲门，没有声响。他走进一个房间，又走进第二个房间，可是那里一个活人也没有。只有在第三个房间才找到风王，他在从窗户往外吹口哨。

风王一看见来人，立刻转向他，好像他们已相识多年：

"欢迎你，"他说，"亲爱的大舅子，欢迎你到我的宫殿里来！"

不过，王子不太同他扯姻亲关系，只问自己被偷走的妹妹在哪里。

"喂，"风王说，"你真聪明！你在我的控制之中，必须按我对你说的去做，否则你得不到妹妹。现在跟我走！"

他把他带到一个大而深的湖泊的岸上，从手指上摘下戒指，把它抛到湖的中间。

"如果你在天亮以前给我找回戒指，我就把她交给你，如若不然，你从哪里来，还自个儿回哪里去。"

可爱的王子立刻吓呆了，不过他没说什么，风王笑着把他留在湖边。

王子受了刑似的在岸上走，一只鸭子突然朝他飞来并说：

"别难过！你给了我一条命，只管躺下睡觉，我给你找回那个戒指。"

天亮时王子一觉醒来，戒指在他的手指上闪光发亮。他四面张望找鸭子，想对它表示感谢，可是鸭子不在。代之而来的是风王，他马上就问：

"喏，戒指在哪里？"

"在这里！"王子指给他看，他确实感到惊奇，不过又故作镇定。

"喏，好吧，你完成了第一个任务。但是，这还不是一切。你跟我来，亲爱的大舅子！"

于是，风王把王子带到宫殿最高的塔上。在那里，他打开装着罂粟的口袋，往里吹，直到罂粟撒到四面八方遥远的地方。

"如果你在天亮以前给我捡回罂粟，你妹妹就自由了，你就可同她在一起了。"

他们从塔上爬下来，难过的王子只是叹气：哪儿能捡回吹散的罂粟！这时，那只长有翅膀的蚂蚁不知从哪里来了，站在他的面前说：

"别难过，去躺下睡觉。我的蚂蚁在天亮以前给你捡回一切！"

王子这才感到轻松，怀着良好的心情去睡觉。早晨风王来时，所有罂粟都已捡回来，并运到塔上。

"好吧,大舅子,既然你这么聪明伶俐,你可以得到她。但是,你还必须从十二个姑娘中认出她来。"

"假如我认不得妹妹,我怎么当哥哥。"王子想。不过当他们把姑娘们带来时,所有姑娘就像是一个人似的,每个姑娘都一样对他发出亲切的微笑,大家异口同声说:

"欢迎,哥哥,欢迎你!"

这时王子才发觉,事情并不那么简单。当他这么一个个瞧着姑娘们并在心里琢磨时,他忽然听到一只蜜蜂在嗡嗡叫。蜜蜂在他的脑袋周围兜圈子,绕了又绕,并对着他的耳朵悄悄说:

"你曾经对我们好,我现在可帮助你。别怕!我落在哪个姑娘身上,哪个就是你的妹妹。"

高兴的王子用眼睛盯着蜜蜂,瞧,它已落下了。哥哥走近妹妹,拥抱她并说:

"这是我妹妹!"

"你怎么知道,"风王说,"这是她。我不愿意把她还给你。不过我答应的,我会办到。为了不让你们想起我的坏处来,我的南风将带你们飞越山岭、谷地、密林和深渊,越过一切的障碍。"

事情果真如此,兄妹两人过了一会儿手挽手站在自己亲爱的父亲面前。而在这以前,当他们飞到那个有鸭子的湖泊、途中的蚂蚁窝和蜜蜂树桩上空时，王子对帮助自己的那些动物都表示了谢意。

父亲又高兴起来了，当兄妹两人一起手挽着手在宫廷的花园里散步时，人们以羡慕的眼光看着他们。

14
拉杜兹和柳德米拉

从前有个国王,他有三个儿子和一个女儿,"喂,妻子,"有一次国王对王后说,"我们的儿子长大了,特别是老大已应当出去闯闯天下。让他找个活干,尽其所能,独自生活。"

"是的,"王后说,"我也这样想过,我们应把老大拉杜兹派出去,让他试一试,自己学点本事总有一天对他会有用的。"

拉杜兹准备好后,他们就送他上路了。

拉杜兹告别了双亲和弟弟妹妹,走了许多天,经过许多山峰和谷地。最后,他来到一座森林茂密的山,那里的特别之处是有座房子。"我在这里跟他们说一说,"他想道,"他们可能会雇我干活。"他哪里想到,在这座奇怪的房子里住的是妖婆、她的丈夫老妖和一位漂亮的姑娘柳德米拉。

"上天赐福,善良的人。"拉杜兹进屋时,鞠躬道。

《拉杜兹和柳德米拉》

《三棵树》

《失踪的男孩》

《黑牧师》

《盐贵于金》

《女人的机智》

《黑　猫》

《金纺女》

"上天赐福,"妖婆答道,"你来这里干什么?""我来找活干。你们愿意雇我吗?"

"喏,"妖婆说,"每个人都想吃面包,可是不会挣面包。你会干什么活?"

"看你们给我什么活。叫我怎么干,就怎么干。我会卖力干。"

妖婆对聘他的兴趣不大,可是老妖说服她,说小伙子可能对他有用,她才表示同意。经过一夜,路途劳累的拉杜兹休息过来了,早晨马上去找妖婆。

"女主人,您今天给我什么活干?"

妖婆把他带到一个窗前说:

"你透过这个窗户看见什么?"

"没什么特别的。只看见山中的一块荒芜的林中空地。"

"喏,给你这把木镐。你到那块林中空地去,挖地,在那里种果树。但是,这还不是一切。在天亮以前,果树必须长大、开花、结果。早晨,你给我端来一盘成熟的水果。现在你走吧!"

"这儿能长出什么?"拉杜兹来到这个荒无人烟的地方,就伤脑筋地嘟囔着:"谁也没听说过,用木镐干这种活,时间又这么短促。"

他开始挖掘,不过还没挖三下,他的木镐就折了。

拉杜兹看到,他干的活不会有什么结果,遂把镐柄扔到地上,坐到一棵山毛榉树下,难过地呆在那里。

这时候,妖婆烧了蛤蟆,叫柳德米拉把它捎给仆人作午饭。柳德米拉知道,拉杜兹接到怎样的任务,因此乘妖婆走出房间的机会,从小桌上拿了魔棍。然后,她拿了蛤蟆汤,不过也带了自己的午饭,想把它送给那个可怜人吃,自己则随便对付一下。

就这样她来到山毛榉树下,看到拉杜兹正难过。"给你,吃吧,"她对他说,"女主人虽然给你烧了蛤蟆,但是我给你带来我的午饭,我把蛤蟆倒掉了。对要干的活,你别担心。你瞧这根棍子!我用它鞭打土地,一切在天亮以前就会长大起来、开出花来、结出果实,像女主人命令你做的那样。"

柳德米拉用棍子抽打土地,应当发生的事立刻就发生了。拉杜兹眉开眼笑了,吃了柳德米拉给他送来的东西,不知道应当怎么感谢她。早晨,好像什么也没发生,他给妖婆端来一盘水果。妖婆真没想到,他会完成这个任务,只是摇头。

"喏,您今天给我什么活干?"拉杜兹过了片刻问道。

妖婆把他带到第二个窗子,问他在那里看见什么。"我在那里能看到什么,只看见一小段净是石头、长满荆棘的河岸。"

"喏,从门背后拿镐,到那里去!把河岸清理好,种上葡萄,明天早晨给我送葡萄来。"

拉杜兹走了,试着清理河岸。不过,他还没用力挖掘,他的镐就飞了,断成三截。

"你在这儿能干出什么,有罪的人?"拉杜兹想着,痛苦地坐到一块石头上,因为他连作梦也不能想像,在天亮以前能完成这项任务。挨到中午,柳德米拉又出现了,这之后,又重复了与昨天同样的情况。

妖婆在这期间烧了一罐蛇,午饭前后命令柳德米拉给仆人送饭。

柳德米拉听见妖婆的话,又悄悄拿了魔棍和自己的中饭走了。

当拉杜兹看到柳德米拉正在走来,高兴得心都要跳出来。

"你来得好,"拉杜兹走上前去迎接柳德米拉。"女主人又给了我十分艰巨的任务,如果你不帮我的忙,我就糟了。"

"别这么难过,"柳德米拉说。"女主人虽然给你送来烧好的蛇,不过我又把它们倒掉了,我给你带来自己的午饭。你吃吧。"

拉杜兹吃饭时,柳德米拉用棍子鞭打土地,葡萄藤立即开始生长、开花，上面的葡萄开始成熟。

他们又一起稍微玩了玩，不过片刻以后柳德米拉就拿起罐子和棍子跑回家了。

早晨，拉杜兹拿着葡萄来，妖婆又只摇头，不相信自己的眼睛。

当他问干什么新的活，她把他带到第三个窗子，命令他瞧一瞧并说在那里看见什么。

"我能看见什么？只看见大石头。"拉杜兹答道。"在天亮以前，你必须从那些大石头里给我种出粮食来，并磨成面粉、烤出面包。如果你办不到，你就倒霉！"

她这么对拉杜兹进行威胁，使他真害怕，不过他有什么办法呢？他只好去干自己的活。

不过妖婆脑子里老想着水果和葡萄的事。她去找老妖，对他说：

"我这里有点想不通，那个姑娘必定同那个仆人勾结在一起，因为他独自一人什么事也办不成。我对此必须追查清楚，然后再付给两人报酬。我今天自己去送午饭。"

"你总是怀疑一切问题，"老妖说，"柳德米拉是个好姑娘，至今一直忠于我们。你别打扰他们，你要追查他们什么？"

"喏，老头子，等着瞧吧。不查出个究竟，我总是觉得不得安宁。"

"安宁不安宁，"老妖说，"我已经连一个字也不愿意听。你别给我在这里犯下罪孽。"

妖婆不再作声，烧了蜥蜴，派柳德米拉送午饭。柳德米拉听见老头和老太婆说话，因此格外小心，把魔棍藏在围裙下面。

拉杜兹在那里敲碎一些石头，但哪来粮食、面粉和面包！因此，他非常急切地等持着柳德米拉。

"我本应当给你，"柳德来拉说，"送烧好的壁虎，不过你吃我的中饭吧。可是我们今天必须快一点，因为女主人已经怀疑我们，整点亲自给你送饭，上天保佑！不过老头把她哄住了。"

"啊，亲爱的心肝宝贝，我看得见，你是怎么帮助我的，"拉杜兹说，"只是我怎么报答你呢？"

"对此我们别的时间再考虑，"柳德米拉提醒他，"我们现在必领完成任务。"因此，她就用棍子抽打巨石，一座石磨马上立在那里，面粉落在槽里，面包发了，炉子点着了。

然后，柳德米拉收拾一下，急忙回家。

早晨，拉杜兹端来烤好的面包，妖婆差点气炸了。不过她不动声色，只对他说：

"我看到,你一切都按我的命令做,现在活干完了,休息一下吧!"

夜晚来临了,老太婆同老头商量点什么,命令拉杜兹打水倒进大锅。然后,她把老头安排在大锅前,让他添柴火,水开时再把她叫醒,自己去躺下睡觉。但柳德米拉给老头带来度数高的葡萄酒,因此他喝得睡着了,而后她走近拉杜兹:

"你好好听着,"她对他说,"如果他们早晨在这里还找得着你,他们想在这口大锅里把你煮了。但是,如果你对我发誓,你永远不会把我忘了,我们现在立刻一起逃走。"

拉杜兹高兴地发誓,说他非常喜欢她,即使能得到全世界,他也不会把她给别人的。

柳德米拉向火堆里的一块劈柴吐唾液,拿起魔棍,立刻与拉杜兹逃走。

不一会儿老妖醒了,叫道:

"仆人,你还在睡觉吗?"

"我没睡,"唾液答道,"不过我还在伸懒腰。"

过了片刻老妖又叫道:

"仆人,起床并把靴子递给我!"

"马上,马上就来,"唾液答道,"您稍微等一等,我把便鞋结一下。"

这时妖婆也醒了并说：

"柳德米拉，起床并把裙子递给我！"

"马上，马上就来，"唾液答道，"我穿穿衣服。""这是怎么回事，"妖婆感到奇怪，"你穿衣服要这么长时间吗？"

"我就来，"唾液回答，不过妖婆已失去耐心，她抬起头看见，柳德米拉的床空空如也。

"老头子，我相信他们已经跑了！"妖婆叫道。

"让他们见鬼去吧！"老妖诅咒道。

不过妖婆生老头的气，骂他相信柳德米拉。

"你现在别给我在这里诅咒，这帮不了我们的忙。

你马上飞去追他们，并且要逮住他们、把他们带到这里来，否则你也会倒霉！"

老头解开黑马，飞走了。

柳德米拉对拉杜兹说：

"我左脸颊发烫，你回头看看，亲爱的，你在我们背后看见什么？"

"我没看见什么，只有一片乌云在我们后面飞。""那不是乌云，而是老头骑着黑马在飞奔，"柳德米拉说，"现在站住，我们必须做点什么。"

她用魔棍鞭打土地，土地立刻变成田野，她本人则变成那块田野上的小麦，她把拉杜兹扮作一个手拿镰刀，要收割麦子的人安排在那里，当老头到来时，要他聪明地回答其问题。

这时，老头腾着乌云，骑着黑马，发出雷鸣，带着暴风雨和冰雹来了，差点把所有小麦都打掉。

"啊，老人家，"那个收割者对他说，"您别把我所有的小麦都打掉，我给老婆孩子吃什么？"

"你的小麦、老婆、孩子同我有什么相干。"老头回答他。

"不过你告诉我，你看没看见一个姑娘和一个年轻人从这里逃走？"

"噢，从我在这里割麦时起，没有一个人从旁边走过。但是，当我种这片小麦时，有两个这样的人从这里走过。"

老妖对傻瓜收割者向他谈几个月以前从这个地方走过的人摇了摇头，消失在云中，飞回家了。

当然，拉杜兹和柳德米拉继续向前跑。

老头回家后，妖婆问他："你为什么这么早就回来了？"

"谁知道他们已经在哪里。我只碰到一个收割者在割小麦。"

"哦，你这个木头脑袋，"妖婆生气道，"要知道，那就是他们。啊，这么上当受骗！你不能至少带几穗小麦回家吗？你赶紧去追他们，不然我就把你撕成两半！"

老头稍微弯弯腰,顺从地飞走了。

"喂,我左脸颊发烫!你回头看看,拉杜兹,回头看看,我们背后发生了什么?"

"一片灰云在向我们靠拢。"拉杜兹答道。

"那是老头骑着灰马。但是你什么也不用怕,只要聪明地回答他的问题!"

她用魔棍抽打石头,石头马上变成一个小礼拜堂。她把自己变成一只苍蝇,在一群苍蝇中飞来飞去。她把拉杜兹变成到那个礼拜堂的一个修行者,让他在那里给那些苍蝇布道。

这时,老妖腾着灰云,骑着灰马,飞来了,并带来冰雪和严寒,使小礼拜堂屋顶的木板冻裂了。老妖下了马,走进礼拜堂,问修行者:

"神甫,您在这里看没看见一个姑娘和一个小伙子?"

"真没看见。"修行者答道,"从我住在这里时起。我只给那些苍蝇布道。只在很久以前,在盖这座礼拜堂时,有两个人从这里走过。不过您不必,"他说。"给我放进这么多冷气,我的听众会冻坏的。"

"好。好,我就走,即使如此,我也白来这里了。"说完就飞走了。

老太婆已在院子里等他。当她看见他又是独自一人走回，就恶狠狠地骂他：

"你这个旧笤帚疙瘩，又没把任何人带来吗？你把他们留在什么地方了？"

"我没把他们留在任何地方，因为我哪里也没看见他们，我来到一个小礼拜堂，里面有个修行者在给苍蝇布道，不过关于那两个人他也没听说什么。"

"噻，你这个笨蛋，要知道，那就是他们！不过你等一等，我要逮住他们！"

她说干就干，自己飞走了。

"喂，"柳德米拉又说，"我左脸颊发烫！你回头看看，拉杜兹，我们背后是不是有人！"

"确实有，有片红云在追赶我们。"拉杜兹说。

"这是老妖婆骑着红马。迄今为止，一切都闯过去了，不过你现在必须拿出男子汉的气概来，以便我们借助智慧闯过她这一关。我现在用魔根抽打，这里立刻会出现一片海。我将变成一只金鸭，在海上游玩。你潜入水下，使妖婆的热气烧不着你。不过，她想捉住我。那时，你就跳近她的马，抓住它的笼头。以后，你就不用怕了。"

这时，老太婆已靠近他们，她带来酷热，把周围的一切都烧着了。在海边，她下了马，去抓鸭子。但鸭子老是慢慢地飞开，离海岸越来越远，直到把她从马引开相当一段距离。这时，拉杜兹浮出海面，紧紧抓住马的笼头。鸭子迅速朝他们飞来,又变成姑娘,同拉杜兹一起骑上马,飞到海的那边去。

当他们靠近海岸时,妖婆的魔力还有点够得着,她还来得及对拉杜兹施法术,使他在有人第一次吻他的瞬间,把柳德米拉忘却。她对柳德米拉叫道:

"我诅咒你,让你七年不能同那个卑劣的家伙生活在一起。"

由于妖婆失去马,她回家时不得不全程步行,而老妖则幸灾乐祸地嘲笑她,这么上当受骗。

拉杜兹和柳德米拉现在已安全地骑着那匹马飞奔,一直飞到拉杜兹父母居住的城市。

"这里有什么新闻?"拉杜兹问他们在城门前碰到的一个市民。

"难过,"市民答道,"我们的国王及其儿子和女儿一个接一个相继去世了,只有老王后还活着。王后只不断地为最大的儿子而哭哭啼啼,我们这里在为谁能当国王,而发生吵架和纷争。"

拉杜兹难过起来,同市民道别,对柳德米拉说:"我正在琢磨,我们怎么办。你在这个井边等一等,也许是最好的办法。你藏在这棵浓密的树冠里,等到我回来,我到王宫里去,如果那里的人认得我,接纳我为国王,我就来找你；但是，如果他们不接纳我，我们就一起继续往前走。

柳德米拉表示同意，拉杜兹到王宫里去。母亲立刻就认出他来，高兴得跑着去迎接他，多次紧紧地拥抱他，也想吻他，可是他不让吻。王族成员和宫廷的所有其他人也都认得他，欢迎刚完，就举行盛大宴会，并宣布他为国王。

拉杜兹因路途劳累，比其他人先躺下，一会儿就睡着了，母亲向他走来，多次亲吻他的两个脸颊。在这一瞬间，老妖婆的法术开始起作用，拉杜兹好像从来也不认得自己的柳德米拉。

拉杜兹长时间没来，柳德米拉知道发生了什么事，长时间哭泣。她站在离王宫不远的地方，以便至少能看见拉杜兹，她一站在那里，就变成一棵漂亮的白杨，在那里生根，以此装点了整个地区。不过这时一位宫廷太太老围着年老的王太后和年轻的国王转，为的是争取他作自己女儿的丈夫。那棵树挡住那个女儿的视线，于是她就同母亲一起不断要求国王，直到他下令把它砍掉。不料，这之后不久，在王宫下面又长出一棵非常漂亮的梨树。国王觉得树很可爱，可是它现在又挡住那个宫廷太太，她说服王太后叫人砍梨树。国王不愿意违抗母亲，因此人们把梨树也砍了。

这恰好是七年快完的时候,柳德米拉变成金鸭,在湖上、国王的窗子下面游来游去。当国王发现它时,立即有什么东西对他说,他已在某个地方看见过这样的鸭子,他下令把它抓住。可是,没有一个人能捉住它。国王下令把全国的渔夫和捕鸟者召集来,但他们也逮不住。因此国王考虑,自己将试试看,能否抓住它。

他到湖边去,开始追赶鸭子。鸭子忽而朝东,忽而朝西,就是不让他逮住,不过他坚持追,最后终于能赶上它了。可是他刚刚碰到它,金鸭就变成美丽的柳德米拉。这时,拉杜兹的记忆力也恢复了,他们热烈地拥抱。

高兴的拉杜兹把柳德米拉带到王宫,领到王太后那里并说:

"亲爱的王太后!这就是那位多次救我性命的姑娘,她,而不是其他的任何人,将作我的妻子。"

他们举行了隆重的婚礼,非常热闹。以后,他们幸福地生活在一起,假如不死的话,会幸福地生活到今天。

15
三棵树

从前有个贫苦的父亲,他有三个儿子。两个大儿子样子聪明,而那个最小的儿子看来愚笨,每个人都只叫他的绰号"没出息者"。儿子们一年年长大,可以要他们去离家稍微远些的地方看一看了。

"孩子,"有一天早上父亲叫他们,"你们自己看得出,我们一家人在这里养不活自己,也许你们可以到其它地方碰碰运气。你们出去闯一闯吧!"

儿子们作好准备,第二天就离家外出。

他们走了又走,来到一个十字路口。他们在这里停了片刻,互相瞧着,怎么往前走。

但商量的时间不长。两个大儿子走直路,对第三个儿子说:

"你就走那条侧路吧,这对没出息者来说是条好路。"

他应当怎么办?他走那条通向山里、长满荆棘的老路。他越往前走,山林越浓密。他这个可怜人爬过一片密林，最后好不容易来到一片草地，草地中间一棵挨一棵长着三棵树。这是三棵粗壮、枝丫繁多的大树，当小伙子看着它们时，有点奇怪、伤感。在他走过的整座山里，在这以前的任何其它地方，他有生以来没见过这样的树。不过，使可怜的人感到高兴的，是他找到一个可休息的地方，因此他就坐到那些树下乘凉。

他坐了一会儿，环顾四周，特别大的一堆石头落入他的视野。当他对那堆石头稍微一瞧，就觉得石头堆中似乎有个入口。"我必须走近些看。"他想着，遂站起来，走到入口的地方。真的，那里有个洞。不过洞挺低，因此我们的没出息者不得不使劲弯腰，才能走进去。起初他的心也有点怦怦跳，可他还是一点点往前走。他每走出一步，通道就好走些、宽敞些，也开始亮堂起来。这就大体上使他的心里放松下来，走得大胆些。突然，前面出现一个玻璃门，门后有个小房间，房间中央有张为一人铺好的桌子，桌旁有张铺好的床。小伙子真的已经饿了，既然没人请他吃饭，他就自己动手。他坐到桌旁，狼吞虎咽地吃起来。这时墙上隐蔽的门悄悄打开了，一个标致的姑娘走进来说：

"欢迎，扬珂，欢迎你，我早已在等你！"

扬珂对美丽的姑娘感到意外，他奇怪的是从她嘴里听到自己的名字，姑娘等着他回答。他不知道应当怎么回答，只好表示感谢。当姑娘告诉他，旁边的床是为他准备的，他就感激地躺下，须知他因长途跋涉已精疲力竭。在柔软的床上，他睡得很好，一觉睡到天大亮。当他早晨起床，桌上的咸肉和面包已在等着他去吃。片刻以后门打开了，姑娘走进房间并对他说：

"扬珂，我想求你点事。我需要你在三个月之内，把长在那块草地上的三棵树砍了。如果你把它们砍掉，我会好好报答你。"

"好吧，"扬珂对她应道，"这我可为你办到。"他马上就干起活来。

他一斧下去，接着又是一斧，觉得好像在砍石头。木头非常坚硬，斧头不断崩开。但扬珂只是砍呀砍，觉得他的活一天天越来越顺手。

一个月以后，一棵树倒下了，与此同时，三分之一的山也倒下了。扬珂还是在砍，漂亮的姑娘给他送饭。又过了一个月，第二棵树倒下了，与此同时，三分之一的山也倒下了。姑娘给他疼痛的双手敷上草药。第三个月，扬珂把第三棵树也伐了，与此同时，剩下的山也连根拔掉了。

当他办完此事稍微休息以后，姑娘对他说：

"扬珂，我还有个请求。我需要你在三个月之内，把那些树锯断和劈开，之后，再把劈好的木材堆成堆烧了。

这是给你的鞭子,要好好保管,因为各种妖魔鬼怪将扑到你身上。但如果你用鞭子抽打它们,它们就会消失在火中。

扬珂锯了、劈了三个月,把木材堆成一大堆。当篝火已烧得噼啪响,火焰升腾直上云霄,各种妖魔鬼怪从四面八方对扬珂张牙舞爪。他用鞭子抽打它们,打着哪个,哪个就往火里跳。这样持续了七天七夜,当火焰熄灭时,扬珂倒在了地上,睡着了。

他就这么睡了七昼夜,当他醒来时,发现自己在一个非常漂亮的房间里,洗得干干净净,穿着洁净的白衣服。过了片刻,有个年轻人走进来问:

"有何吩咐,陛下?"

扬珂以为,他还在做梦,什么也没说。年轻人鞠了一躬,走了。可是过了一会儿,第二个仆人又来了,最后第三个也来了,后者给他换上漂亮的、用金丝刺绣的衣服。

紧接着门大开,十三个标致的、穿着白衣服的姑娘走进房间。所有的姑娘都开始感谢他,说他以自己的劳动、毅力和勇敢解救了她们,要他从她们当中挑选一人为妻,以此作为报答。姑娘们一个比一个漂亮,不过扬珂没怎么考虑:

"既然我应当从你们中间挑选一个,那不可能是别人，而只能是半年来给我送饭、铺床，亲切地同我谈话，用草药给我治疗因干活而多处受伤的双手的那位。""愚笨的"扬珂聪明地说。

"如果你想得到她，你必须把她认出来！"所有十三个人异口同声地叽叽喳喳道。

扬珂对姑娘们从左到右瞧了瞧，又从右到左瞧了。瞧，可是所有的姑娘像是一个人似的。不过他同站在中间的那位目光相遇，他认出她来，用手指着她。她一下子跳到他的跟前，搂着他的脖子。接着，12个姑娘退出房间，扬珂同自己选中的姑娘留在那里。

现在姑娘对他讲，他们坐着的宫殿就是他砍伐的那三棵漂亮的树，周围地区就是同三棵树一起倒下的那座山，他给这一切解除了毒咒。然后，她指给他看整个国家和王国。她不仅长得美丽，而且也聪慧。她知道，扬珂在他父亲那里没准备要当国王，叫人从全国召集最智慧的人，扬珂短期内从他们那里学会国王所必须了解的一切。

然后，他们举行盛大的婚礼，扬珂坐上国王的宝座。但是，年轻的国王没把自己的老师送走，而是把他们组成智者委员会。不过，他最好的顾问是他的妻子，因此他们的国家比远近任何国家都繁荣昌盛。

16
失踪的男孩

从前有一个非常富有的老爷,他富得连自己的财富究竟有多少也不知道。但他没有可继承财产的后嗣,所有这一切财富对他来说有什么用啊。他不可能有后嗣了,因为他年纪已经大了。可怜的人每天同自己的太太一起上教堂,跪着向上帝祷告,祈求上帝至少赐给他们一个儿子。

最后,他的太太好不容易感到自己怀孕了。他们抱着很大的希望,并作着洗礼的准备工作。

在那个小孩就要出生的时候,老爷做梦梦见那将是个男孩,不过必须把他看好,12岁以前不能着地,否则就会消失不见。

男孩出生后,老爷雇了九个专门照看他的保姆,严厉地命令她们,不准把他放在地上,上天保佑,甚至不许让他碰到地!保姆们遵从老爷的命令,看护男孩到12岁还差几天,老爷就开始筹办丰盛的宴会,想以此庆贺爱子从那种沉重的厄运之下解脱出来。

只差一天就到男孩的生日了，院子里忽然响起大喊大叫的声音。正在照看男孩的保姆出于好奇，把男孩放在地上，跑到窗前要看看外面发生了什么事。

不过，这时叫声已静下来，保姆离开窗子，要把男孩重新抱到手上。可是，在房间里哪儿也找不到男孩，她实在吓坏了。直到这时，她才想起老爷的命令，开始号啕大哭起来。

老爷从来没这么难过，他的巨大希望就这么意想不到地破灭了，他立刻把仆人派到四面八方去寻找男孩。他下命令、求人、巨额悬赏，但不论人们怎么努力寻找，无论到什么地方也找不到男孩。给人的感觉他消失了，钻到地下了。

过了一段时间，难过的老爷发觉，在他最漂亮的房间之一，每天半夜有什么悲伤的声音嘤嘤啜泣。由于这声音没完没了，他自言自语，必须查清房间里发生什么事，他心想，会不会是他丢失的儿子在那里哭泣和叫唤；不过，这也可能是别的什么东西，某种凶神恶煞。于是他宣布，谁在那个房间度过哪怕只是一个晚上，他就给他三百金币。

三百金币的确是笔可观的钱，尤其是对穷人来说，更是如此，因而找到许多愿意这么做的人。不过当12点钟敲响，人们听见房间里什么东西开始叫唤和大声哭泣。每个人都害怕了，觉得不值得为三百金币而冒生命的危险，于是就走开了。因此，老爷什么情况也没了解到。

离老爷庭院不远的地方，住着一个磨坊主的遗孀和三个女儿。她们非常贫穷，勉强度日，犹如猪狗一般，叫人感到可怜。老爷家出事和奖赏三百金币的消息，也传到她们的穷小屋。最大的女儿转向受苦的母亲说："妈妈，我们过着猪狗一般的贫困生活。您让我去碰碰运气。我到老爷那里去守一夜，也许我能看出，那里发生了什么事。那三百金币对我们有用。"

母亲起初摇了摇头，不过后来又想了想，由于穷得没法，最后还是允许自己的女儿去碰运气。

于是，磨坊主的大女儿就去找富人，告诉他来干什么。

"好的，姑娘，"老爷说，"许多人逃走了，但是你为什么不能试一试呢？"

"我真的要试一试，"姑娘坚决地说，"不过我恳求您给我点东西，带到那个房间里去，以便能做晚饭，因为我确实从早晨到现在还没吃过东西。"

老爷立刻叫厨娘，命她给姑娘一些做饭的东西。磨坊主的女儿拿了她所需的东西，特别是油脂、面粉、盐，还有烧火用的劈柴。然后她点上蜡烛，到房间去。到了那里，她生起炉火，放上锅，铺上桌布，把床铺也整理一下。她做饭、准备一切,不知不觉,钟楼上已敲响12点钟。接着,有什么东西开始在房间里发出走动和啼哭的声音。磨坊主的女儿起先虽害怕,不过后来胆大起来,仔细瞧了一下房间,从一个角落到另一个角落,但无论哪里,什么也没看到。叫唤声和啼哭声突然停止,一个漂亮的男孩站在姑娘的面前并亲切地问:"你给谁做饭?"

"给自己做。"她答道。

漂亮的小男孩难过起来,又用难过的眼睛瞧着她问道:

"你给谁铺桌子?"

"给自己铺。"她又答道。

漂亮的小男孩更难过了,眼泪涌入他灰色的眼睛。"你给谁铺床?"

"给自己铺。"磨坊主女儿又答道。

男孩泪流满面,十指交错以示绝望,消失不见了。早晨,磨坊主女儿向老爷讲述了夜里所发生的一切,只是小男孩对她的回答感到难过,她没告诉他。不过因为她在那个房间里过夜,老爷给了她答应过的三百金币。

第二天晚上,磨坊主的二女儿到老爷家去,不过去以前,姐姐给她出主意,应当怎么做、怎么回答。她按姐姐的指教做:拿各种食品、油脂、盐、木柴,点蜡烛、生火、铺桌布、铺床和等待。当小男孩出现并询问,你给谁做饭、铺桌布和铺床,她像姐姐那样回答:"给自己做饭、铺桌布和铺床。"

小男孩又像昨天一样哭开了,十指交错和消失不见。早晨,姑娘向老爷讲述一切,只不说小男孩哭了。老爷正如所允诺的,给了她三百金币。穷人家里喜笑颜开!

第三天,磨坊主的小女儿说:

"妈妈,姐姐,既然你们这么走运,各拿回三百金币,我也去碰碰运气,也许上天也会帮助我忍受那种恐惧。"

母亲见两个大女儿都没事,便允许第三个女儿也去,虽则她最喜欢这个小女儿。由于挣了这么多钱,他们生活已不困难。

小妹妹也先向老爷说一声,要做饭的东西,点燃蜡烛,到那个房间去。到了那里,她就生起炉火、放上锅、铺桌布、铺床,并怀着恐惧和希望的心情等待午夜的钟声敲响。

随着12点钟敲响,像每个晚上那样,有什么东西开始在房间里发出跺脚、啼哭和大叫大嚷的声音。小姑娘也有点害怕,不过她环顾一下房间,仔细瞧了所有角落,但无论哪儿,什么也没有,只能听到叫唤和啼哭。可是,可爱的男孩突然站在她面前,亲切地问她:

"你给谁做饭?"

当小姑娘看了一下漂亮的小男孩,对一切有不同于其姐姐的考虑,她答道:

"我给自己做饭,不过如果你愿意,那也是为你做的。"

男孩皱着的眉头立即开始舒展开来。他继续问道:"你为谁铺桌布?"

"我为自己铺。不过如果你愿意,也为你铺。"

她一说这话。一丝笑意掠过漂亮男孩的脸庞。他说:

"你为谁铺床?"

"我为自己铺,不过如果你喜欢,也为你铺。"

可爱的男孩说:"啊,你做得好,你没把我忘了。不过请你再等一会儿,我去同至今照顾我的恩人告别。"

这时,吹起一阵温柔的微风,房子中间裂开一道深沟,漂亮的小伙子悄悄钻下去。不过磨坊主的女儿抓住他的小大衣的一角,跟着他下去,不让他在什么地方发生什么不幸的事。

噢,地下展现的是怎样一个世界啊!右边金河流淌,左边金山闪烁,中间在他们面前伸展的是美丽的、千花遍植的绿草地。男孩在前面沿着小路走,小姑离他几步踮着脚尖悄悄跟,以便不让他发觉。

他们就这么向前走,一直走到银山。当他们走近时,各种动物跑出来迎搂他们,涌向小伙子。它们高兴地围绕着他跳跃,而他只只抚摸它们。男该同动物告别时,磨坊主女儿折一小银枝,把它好好缠进头中,为的是对银山有个纪念。

他们继续往前走,走到第二座山——金山。当他们走近时,从山里飞出数量空前的可爱的小鸟。小鸟开始环绕着小伙子飞,落在他的肩上和头上,并悦耳地歌唱和啁啾,而他,像在这以前对动物那样,温柔地抚摸它们。磨坊主女儿又折一小金枝,把它缠进手巾,以便当她向姐姐讲述,她到了哪里、看见什么时,姐姐会相信。

漂亮的小伙子同自己所有的施主告别完毕,沿着来路往回走,小姑娘跟在他后面。当他们来到那个地洞,她抓住他的小大衣的一角,同他一起飞出来,飞到刚才离开的房间。

"我已经告别完了,"男孩转向小姑娘,"现在我们已可以吃饭了。"

磨坊主最小的姑娘把做好的饭端到桌上,邀请男孩上桌,两人津津有味地吃饱了。然后小男孩说:

"感谢你做了这么好的晚饭,现在我们已可以去睡觉了。"

他们互相祝晚安,躺到铺好的床上,男孩就睡着了。但磨坊主的女儿还在自己和他之间放了银枝和金枝,片刻以后,幽静的梦也使他合上了眼睛。

第二天早晨,太阳已老高,不过磨坊主女儿还没像以前她姐姐那样,向老爷报告。老爷已着急,也为小姑娘担心,见她许久还不来向他报告,他就到她过夜的房间去看。他看到门锁着。

老爷没继续等下去,叫人把门撞开。他在那里看见自己失踪的儿子和磨坊主的小姑娘,他们恰好被大汉们撞门而发出的砰砰声惊醒,谁能说出,他是何等高兴啊。父亲开心得像小孩,立刻命令筹办盛大的宴会。男孩发觉自己身边有金银枝,高兴地转向磨坊主的女儿:

"你不害怕,同我一起到下面去了吗?那么,你要知道,你以自己的善良和忠诚解救了我。"

他拿起那两根树枝,把它们抛到窗外去,这时在那里出现了一座坐落在极好的银色花园里的美丽的金色庄园。当男孩长成年轻人和磨坊主的小姑娘长成能干的大姑娘时,他们在这个庄园里举办婚礼。当然,假如他们还没去世的话,至今仍住在那庄园里。

17
黑牧师

从前有一个穷老汉,他有个独生子。他们生活贫困,因此老汉有一回对自己的男孩说:"你看得见,我的儿子,我们没有粮食吃,我已经是个老人,干不了活,乞讨对我们来说是种耻辱。不过你已慢慢长大,所以我想把你送到别处去干活。"

"父亲,我真的也已经想到这一点。您只管把我带到别处去吧,我为谁干活都行。"老汉拿了拐杖和家里剩下的一小块面包,就同儿子一起出门去找活。他们翻山越岭,找到一个皮肤黝黑的人,坐在一块石头上看书。那是个黑牧师,但他们不知道,向他深深鞠躬:"上天赐福!"

"上天赐福!"黑牧师对他们答道。"你们到什么地方去,上哪儿?"

"我带儿子外出做工。顺便问一下,您需不需要他?"

"您找对地方啦。我正需要一个人干活,您只管把他留在我这儿！他在我这里还可学到点东西。不过，我有一个条件。他将在我这儿干七年。七年以后，您来找他，如果您认得他，他就是您的，如果您不认得，他就永远留在我这里。"

"就照您所说的办吧。"父亲说。同时他想：那是种什么活，会使我七年后认不得儿子？他把男孩留在黑牧师处，自己走回家。

黑牧师立即开始问儿子，会不会读书。儿子会读一些，不过好像不敢说出真相，就回答说不会。

"这也好，"黑牧师说，"来，我指给你看，你要干的活是什么。"

说完就带他到一个房间，那里净是抹布、小笤帚、刷子和各种除尘工具，然后把他带到第二个房间，那里净是书，最后把他带到第三个房间，那是间空房，不过房里还有道关着的门。

"你将住在这里，不干别的，只把书上的灰尘除去和扫地。你饿了，就敲那里那道门，饭马上给你摆到桌上。我现在要出门七年，你就好好呆在这里。"

黑牧师走了，男孩独自一人留在房子里。诚然，他过得不错，但他不喜欢只不断为那些书籍除尘，因此有一次打开一本书，想从其中读点什么。起初他读得慢，不过后来他啃掉一本又一本书，从中学会一切法术。七年以后，巫师回家，看到一切正常，夸奖了小伙子。

在那段时间里，穷父亲在家勉强度日，并不断琢磨，怎么辨认自己的儿子。

他不时想起儿子，把他与其同龄人作比较。七年过去了，他就拿起拐杖，到遇见黑牧师的那座山里去。当他往前走着，迎面走来一个穿得挺漂亮的小伙子。

"我儿子也可能已经这么大了，"父亲想，"不过他从哪儿得到这么漂亮的衣服？"

那的确是他儿子。当他走近些，见他长高了，又穿着不同的衣服，终究还是把他认出来了。

儿子对他说：

"父亲，你就这么认出我。不过当您去找黑牧师，他会指给您看屋顶上的一群鸽子，我也将在其中。那么，您就好好看。我将在第三行，稍微垂下一只翅膀。照此您便可认出我。"说完他就跑开了。

父亲愉快地来到黑牧师家，大胆地敲他的门。

"我来要儿子。"他们互相间好以后，父亲马上对他说。

"不过，别这么急，"黑牧师说，"七年过去了，这没错，但是我们说好了，你只有认出他时，才能把他带走。"

接着，指给他看屋顶上的一群鸽子。

老汉拄着拐杖，对那些鸽子瞧了又瞧。他看见第三排一只鸽子垂下翅膀。

"啊哈，"他用拐杖指着，"那里第三排翅膀略为下垂的是我儿子。"

"你虽然猜对了，"黑牧师说，"但是你儿子现在是鸽子，我再把他变成年轻人，这需要许多时间。你到房前去，我过一会儿就把他送到你那里去。"

但是，他根本不想把他还给他，只是想赢得时间，以便想出什么法子。

不久以后，黑牧师又到什么地方去工作，小伙子自个儿留下。他毫不犹豫，拿了法术书籍，就去找自己的父亲。

"你终于解脱了！"高兴的父亲欢迎他。

"真的解脱了，我还拿了他的法术书。"儿子答道。

"不过，只希望你不要为此而付出高昂的代价！"父亲害怕地说。

"您别怕。我这些年从那些书里学会了许多东西，我今天甚至比黑牧师本人会得更多。不过，我现在要说的是另一回事。我们这样没钱没法生活。我们必须想法弄点东西。我变成小公牛，您去把我卖了。可是您不要以别的价格卖，只能卖一百金币。您卖时，别把缰绳留给我，而是要把它拿走，这样我就可回家。"

他这么说，事情也果真如此。父亲卖小公牛卖了一百金币，随身带走缰绳，儿子比父亲还先到家。

当那一百金币花光，儿子又对父亲说：

"父亲，我现在变成阉牛，您把我卖掉。不过您不能卖低于一百银币。您卖时，再把细绳取下，我又可回家。"

这回也一切都挺好，儿子比父亲早到家。

第三次年轻人变成一匹漂亮的马，叫父亲卖一百金币，不过谢天谢地，别忘了马的笼头。

父亲牵着马来到集市上，它在那里的确无与伦比。商人立刻聚集在周围，不过每个人终究觉得一百金币太贵。接着，商人中出现了一位衣着华丽的老爷，他说：的"老头，那匹骏马您要卖多少？"

"一百金币，老爷。一百金币以下不卖！"

"那么，您一点也不降价？"

"真的不降，老爷，一点也不降！"

"我老早就寻找这样的骏马，好吧，既然如此，我就如数付给您。"他把一百金币倒给老汉，不过是倒在地上。他故意这么做，要使硬币到处滚，因为那不是别人，而是黑牧师。

父亲把硬币收集在一起时，黑牧师跃上马，牢牢地抓住马的笼头，过一会儿就看不见他的踪影。他们向前奔驰，黑牧师对马说：

"要知道，我将教你懂得什么是插手别人的手艺！"他们已到了铁匠的火炉旁边，黑牧师在那里把马勒住，把它绑在柱子上，转向铁匠说道：

"铁匠，请你打特重的马蹄铁，我们将给这匹马钉上烧红的马掌。"

他亲自帮助铁匠，以便尽快打好。这期间，全村的小伙子跑到火炉边来看马匹及老爷。他们围观、羡慕，有一个甚至还敢于拍拍马匹，马此时对他悄声耳语："小伙子，请你帮我取下笼头！"

那是个大胆的小伙子，他按照骏马求他的那样做了，马立即变成一只鸽子飞走。黑牧师发觉，就变成一只老鹰，朝鸽子追去。它们飞了又飞，当它们刚好飞到皇家花园时，老鹰差点就把鸽子逮住。那里长着漂亮的枝丫繁多的树，鸽子在危急之中冲入树林。公主恰巧在花园里散步，她难过、悲伤，因为她父亲病得要死，谁也治不好。公主忽然看见自己面前有位英俊的小伙子，他开始恳求她，把他当作戒指戴在自己的手指上。

国王的女儿喜欢小伙子，点了点头，他马上变成一只漂亮的戒指，公主把它戴在手指上。

国王正好在这时下令宣布，谁能把他治好，他就把女儿给谁为妻。许多医生都已试过各种药物，都没用，因此谁也不敢给他看病。

只有到第三天早上,仆人才向国王报告,从远方来了一位名医,想给他治病。真的,他把他治好了。

当国王能起床,大夫毫不拖延,立刻要求他同意,他同公主交换戒指,以表示国王真的将把她许给他为妻、她愿意跟着他走。国王的女儿推托说,她的确没有现成的订婚戒指,让他稍微等一等,但他坚持已见,因为那不是别人,而是黑牧师。

"要知道、您哪怕给我小指上的那个戒指,我非常喜欢它。"黑牧师装成谦虚的样子。

国王想满足大夫的要求。立即命令女儿把戒指给他。

不过,当公主从小指上退下戒指,戒指掉到地上,不知怎么,变成黄米。黑牧师也不失时机,变成公鸡,贪婪地啄食黄米,直到转瞬之间把一切都啄光。只有一粒滚到缝隙里,从那里怎么也啄不出来。因此,他变成老鼠,以为这样他便可弄到那粒黄米,但黄米灵巧地变成公猫,猫捉住耗子,黑牧师就完蛋了。

这时,公猫消失不见了,在国王和国王的女儿面前站着的又是皇家花园里的那位英俊的小伙子。所有的人都去瞧发生的奇事,小伙子就给他们讲述自己的故事,你们刚才已读到。但这里还有个美好的结局。

"你是个这样的大师,喜欢我的女儿,"国王听了小伙子的故事以后说,"我就把她许给你为妻。"

小伙子叫人把自己年迈的父亲带到身边来，然后他们举办了盛大的婚礼。国王逝世后，他当上了国王，他把在黑牧师那里学到的东西，只用于为自己的王国谋求幸福。

18
盐贵于金

一位国王有三个女儿,他像爱护眼珠一样爱护她们。当他四肢已羸弱,头发如雪,他常常思虑,在他死后,应该由她们之中的哪位当女王。他难于从她们当中挑选,要知道他对所有三女都一样喜欢。最后他考虑,把王国传给对他怀有最大的尊敬和爱的女儿。于是,他就把女儿叫到自己跟前,对她们说:

"我的女儿,你们看得见,我已经老了,不知道是否还能长久生活在你们中间。因此,我现在就想挑选在我死后要当女王的人。但是,首先我想了解,我的女儿,你们怎样尊敬和爱我。喏,大女儿,你先说,你怎么爱自己的父亲?"

"我的父亲,对我来说,您比黄金还可爱。"大女儿答道并吻了父亲的手。

"喏,好。而你,二女儿,怎么爱和尊敬自己的父亲?"

"哎哟,亲爱的父亲,我爱您就像爱自己的嫁妆。"

二女儿说并搂着父亲的脖子。

"喏,好。而你,小女儿,怎么爱我?"

"哎呀,爹爹,我爱您并尊敬您,就像对盐一样。"小女儿玛鲁什卡这样说,并亲切地看着父亲。

"你这个混球,你不比爱盐更爱父亲?!"两个姐姐对她嚷道。

"不错,我就像对盐一样,珍惜和热爱他。"玛鲁什卡再说一遍并更亲切地看着父亲。

但是,她也没得到父亲的理解,孩子只能像爱普普通通的、每个人用手指头撮、撒的盐那样,爱父亲吗?"既然你不比对盐更尊敬我,你就给我从眼前滚开,"国王对她呵斥道,"如果出现盐比金还贵的时候,你再吱声,你将当女王。"

玛鲁什卡遗憾得说不出一句话来。不过,她习惯于听父亲的话,知道再同姐姐住在一座房子里会受不了,因此就把头巾打进包袱,走开了。她走了又走,越过山岭和谷地,一直走到一片葱郁的森林。不知从哪儿来了位老太太,站在她的面前。

"玛鲁什卡,玛鲁什卡,你到哪里去,为什么哭成这样?"

"啊,老太太,既然您不能帮我的忙,我为什么要对您讲。"

"这不一定。你只管告诉我,发生了什么事,也许我能找到某种主意。难道你不知道,哪里有花白头发,哪里就有经验?"

于是,玛鲁什卡就向老太太讲了自己的痛苦,以及希望父亲最终能活到他确信她真的爱他的那一天。

老太太是个智慧的预言者,所以了解玛鲁什卡的一切,但即使如此,她也注意地听她讲话。然后,邀请她到自己那里去干活。玛鲁什卡为找到可向她诉苦和对自己好的人而高兴,感激地跟着老太太走。老太太住在几棵枞树下的一座小屋里。玛鲁什卡已经既饥又渴,老太太就先给她吃的。

当她吃饱了,老太太就对她说:

"现在开始干活!不过你会不会纺纱、缠绕、织布?会不会给我放羊、挤羊奶?"

"不会,老太太,我不会,不过如果您做给我看,我一切都能学会。"玛鲁什卡说。

她很快就学会做这些事,成为老太太的好帮手。她虽然身为国王的女儿,从来没干过这样的活,但她不抱怨,对一切习惯了。

在那段时间,她的姐姐在家生活过得很好!她们不断地抚摸父亲,拥抱他,差点由于净是爱没把他吃了,而父亲由于为她们这么爱他而高兴，只要她们要，把一切都给她们。大女儿穿越来越昂贵的衣服，戴越来越贵重的珠宝首饰。二女儿则举行一个又一个宴会和舞会。因此父亲很快就发觉，对大女儿来说黄金比他更可爱。

当二女儿来对他说，她愿意出嫁，他就认识到，她对父亲的爱也会随着嫁妆凋谢。当父亲考虑自己女儿的问题时，他的确不止一次想起玛鲁什卡，但她杳无音信。"但是，要知道，她仅仅像爱普通的盐一样爱我。"他又把对她的思念赶跑了。

有一回，王宫里又要举行盛大的宴会，可能求婚者也要来，但厨师突然失魂落魄似地跑来说：

"国王陛下，发生了非常不快的事！我对此弄不明白。我们所有的盐都不见了、泡湿了或掉到地下什么地方去了，我根本连一小撮盐也没有了！"

"你真疯了！派人再去要！"国王对他说。

"我已经派人去了，但是每家都发生与我们同样的事。全国没有一粒盐！"

"既然这样，就以别的东西代替盐或者做不必放盐的菜！"情绪不佳的国王打发厨师道。

厨师说，国王怎么下令，他就怎么做，做菜不放盐。那实在是奇怪的、太淡的宴会，宾客慢慢走散回家，要来的人也不来了，因为既然这里连最穷的小屋也常有的撒盐面包都没有,他们来干什么呀!国王垂头丧气地走着,女儿惊恐万状。他们的美好时光到哪里去了?瞧,他们黄金有的是,可是盐一丁点儿也没有!

人们吃饭的一切胃口慢慢减退没有了,作梦只梦见得到一小撮盐。奶牛和羊也因为不吃盐,而不产奶。人们走路时如同吸了毒一般,感染上各种疾病。国王及其女儿看起来也已像影子。对能捎来盐的人,他们愿意以等重的黄金换取盐。

现在连国王也认识到,盐是上天赐给的多么珍贵的礼物。然而,比盐匮乏更使他感到痛苦的是,他使自己的小女儿受到多大的冤枉啊。

这期间,玛鲁仕卡在老太太那里过得挺好。没有她学不会、不习惯的活,她没见过贫困,同老太太相亲相爱。不过,她不知道父亲的家里及其国家里发生的事。但智慧的女预言者对一切都知道。有一次她对玛鲁什卡说:

"姑娘,你的时机来了。现在是你回家的时候了。""啊,好老太太,父亲不要我,我怎么回家?"玛鲁什卡说着说着哭起来。

"别哭,玛鲁什卡,一切都会好的。你父亲确信食盐比黄金还珍贵的时候来了。"

然后女预言者告诉玛鲁什卡,在她父亲的国家里发

生了什么事,最后又补充道:

"玛鲁什卡,你好好给我干活,告诉我,你为此要我给你什么作报酬。"

"您对我挺和善,给我出好的主意,教会我许多东西。我感谢您为我所做的一切,不要您的任何东西,只要一点盐,我可把它捎给父亲。"

"你真的不要任何别的东西?"智慧老妪再次问。"我不要任何更多的东西,只要盐!"玛鲁什卡答道。

"好吧,既然你这么珍惜盐,祝愿你永不缺盐。"女预言者最后说道:"喏,除盐以外,我还给你这根魔棍。有一天将刮南风,你顺风翻越三个谷地和三个山岭,然后站住,用这根棍子鞭打土地!当你鞭打时,那里的土地就会打开,你就走进去。你在那里找到什么,一切都是你的。这是我给你的礼物。"

玛鲁什卡表示感谢,拿了一小罐盐以及魔棍,眼里含着泪走开了。她对留下老太太感到惋惜,她在她那里过得很好,不过她答应不永远分别,只要同父亲言归于好,就会来找她。老太太对此只是微微一笑并对她说:"姑娘,你以后还是要善良和勇敢,一点也不必为我操心!"

她们这么说着,就走到森林边上。玛鲁什卡想在这里同老太太告别,但她像早晨的雾见了太阳,立刻消失不见。玛鲁什卡叹了口气,再次往后看,然后朝着父亲王宫的方向迈出灵活的步伐。

她像个村姑,头上戴着头巾,穿着旧衣服,来到王官门前,因此侍卫不愿放她去见国王。

"你们尽管放我进去,"玛鲁什卡坚持说,"我给国王带来比金子还贵重的礼物,服用后肯定会康复的药品。"

人们把这告诉国王,国王立刻下令放她进去见他。玛鲁什卡来到国王面前,请求给她一小块面包。国王命令把面包送来,但同时又叹息道:

"我们有面包,不过是淡的,因为我们没有盐。""你没有的,我有。"玛鲁什卡说,她拿起一小块面包,从包袱里拿出盐罐,往面包上撒盐,把它递给国王。

"盐!"国王兴高采烈:"喂,姑娘,这是真正珍贵的礼物!我怎么报答你?你想要什么,就要什么,一切都可得到。"

"我什么也不要,爹爹,只要您像爱盐一样爱我!"她以非常亲切的声音说,像以往同自己的父亲谈话那样,并从头上摘下头巾。

"我亲爱的玛鲁什卡!"国王叫道,边拥抱她,边请求她原谅。她也拥抱父亲并说:

"要知道,爹爹,那一切都变成好事。"

整个王宫和城市转瞬间立即传遍国王的小女儿归来

并带回盐的消息。大家甭提多高兴!玛鲁什卡的姐姐也感到高兴,不过她们感到高兴的与其说是妹妹回来,倒不如说是她带回盐。玛鲁什卡忘记姐姐欺侮她,也同她们以一小块撒了盐的面包互相欢迎。她把自己罐里的盐分给每个来的人。直到父亲提醒她,谢天谢地,别把一切盐都分光了。不过玛鲁什卡只是微微一笑:

"这里盐还挺多的,爹爹。"

真的,不论她拿了多少,罐子里总有够给每个人的盐。

国王恢复健康,立刻下令召开较大的城市和地区头人会议,在会上立玛鲁什卡为女王。正当他们在高天之下为玛鲁什卡加冕时,她感到,温暖的南风吹到她的脸上。因此,她告诉父亲,智慧老妪命她做的事,并命她顺风走。当她越过三个谷地和三个山岭,用魔棍鞭打土地,土地便开出一条路,所以玛鲁什卡可走进去。那里有座宏伟的宫殿,似乎是用冰建造的。地面、墙壁和天花板,一切都闪光发亮。许多条通道汇集到宫里,手持小矿灯的人沿着通道进来欢迎玛鲁什卡:

"欢迎、欢迎,女王,我们已经在等候你。我们太太命令我们把你带到各处,把一切都指给你看,因为这一切都是你的。"

于是,人们在她周围低声细语地交谈,晃动小矿灯,灯光点点像仲夏夜的萤火虫在墙上跑来跑去,因而墙壁如同宝石一样光辉四射。玛鲁什卡被这般瑰丽弄得眼花缭乱，不知往哪里走。人们带她到各条通道和各个大厅，大厅的天花板上垂着银光闪闪的钟乳石。他们也把她带到花园，那里长着各种各样令世界惊奇的花卉，所有的花都好像是用冰做的。一位男子摘了一朵最漂亮的玫瑰，把它献给玛鲁什卡。她闻了闻，可是玫瑰不散发任何香味。

"啊，"玛鲁什卡说，"我从来没见过这么特别的美，不过这朵玫瑰不香。

"根本不可能香，因为玫瑰和你所看到的其它一切东西，都是盐做的。"人们对她答道。

"真的吗？"玛鲁什卡想道："盐是这么生成的吗？要知道，从这里拿任何东西，即使是最小的，也是可惜的。"

人们好像猜到她是怎么想的，说：

"尽管拿，玛鲁什卡，你喜欢拿多少，就拿多少，你永远拿不完，永远不会缺盐。"

玛鲁什卡对他们表示感谢，同他们告别，走了出来。不过，土地在她身后一直敞开着。

她回到家以后，把玫瑰拿给父亲看，把一切都告诉他。国王认识到，贫困小屋里的那位老太太给了他女儿世界上最贵重的礼物。

心怀感激的玛鲁什卡也没忘记老太太。她叫人套上一辆马车，出发去找老太太，想把她拉到王宫里来。玛鲁什卡对道路和山中的每条小路都很熟悉,但是,尽管她纵横交错走过森林一百遍,也找不到小屋的踪影。玛鲁什卡想到那是个怎样的老太太,就回家去了。从那天起,老太太给的盐罐里的盐就消失不见了,但玛鲁什卡已知道,哪里有盐生成。虽然他们一直从盐矿里取盐,从来也没有取尽拿光过,他们食盐不再匮乏。

19
女人的机智

从前在一个庭院里住着两个农民：一个贫穷。一个富有。贫农只有一头小猪，即使如此。他也没有什么可喂猪的，因为他土地少，粮缸总是空空如也。富农有十头喂得膘肥体壮的肉猪，他经常用大麦喂猪，猪槽总是满满的。由于是在一个院内，贫农的小猪不止一次跑入富农的猪圈，到猪槽喝水或者吃点大麦。这使富农心疼，直到有一次他操起一根大棍子，啪！小猪在尘土中打滚，就完蛋了。

穷人去找县法官告状，说他遭到损失，但富人反驳说，不断受到损失的是他，而不愿赔偿。法官这回不知道怎么给他们判决。最后他说：

"好吧，两人都受到损失，但只有在明天早晨以前猜对下述谜语的人，才能获得赔偿：什么最肥，什么最快，什么最干净？"

两人耷拉着脑袋回家。

妻子问富人：

"你走路为什么垂头丧气？"

"唉，法官不是进行评判，而是出谜语！据他说，谁猜得着，谁就有权索赔。"

"怎样的谜语？"

"什么最肥、最快和最干净？"

"喏，你就为此伤脑筋吗？须知，你马上就能知道，没有比我们已经喂了三年的肉猪更肥的了。什么还能比我们每天喂燕麦的马跑得更快。我们的水井，每年撒几袋盐，肯定是最干净的。"

"你的确说得对，我的妻子。"富人笑逐颜开，似乎已赢得争执。

当穷人回到家，他的独生女从桌旁站起来迎接他，立刻从他的眼睛里看出，有什么事情不正常。

"您怎么啦，父亲？也许您输掉了那场官司？"

"输我是还没有输掉，不过我也不知道是否能赢。"父亲答道，并给女儿讲了事情的经过。

"您别怕，父亲，我在天亮以前替你想好。"女儿说。

早晨，她悄悄对父亲说什么，父亲听后立刻愉快地上县法院。富人已在那里等，马上骄傲地站在法官的面前。但当法官听了他的回答以后说，叫他别当着他的面说这样的废话，他就非常谦虚地退到后面。

"喏,你想出什么?"法官然后转向穷人。

"尊贵的老爷,我想,最肥的是我们的地球母亲,因为我们所有的人都居住在它上面,它养育我们;最快的是月亮,因为每四个星期它就在天上绕地球一周;而最干净的是太阳,因为它总是照得亮堂堂。"

"你是条汉子,"法官先生拍拍他的肩膀,"富人无权为些许大麦打死你的小猪。他将给你那头已经养了三年的大肥猪,作为赔偿。"

审理就此结束,不过富人走时非常生气。不仅法官羞辱了他,而且他又赔了肉猪!

当穷人对判决表示感谢,要离去时,法官把他叫回来,对他说:

"你听着,那些谜底不是你自己想出来的。对这些谜语,各种大人先生已经绞过脑汁,都猜不着。告诉我,谁给你出的主意!"

穷人没什么可隐瞒的,马上就说,是他女儿经过一个晚上想出来的。

"好吧,既然你有这么聪明的姑娘,"法官就此说道,"你把这捆麻带给她,这是刚从地里给我送来的今年第一捆麻。你让她在三天之内给我剥开、打上露水、晒干、取出纤维、梳好、纺成纱、用纱织成布、把布漂白。当布漂得雪白,让她给我缝制参加婚礼穿的衬衣。如果她办得到,我就把她带去参加那个婚礼,如果她办不到,我对她就要以插手法律的执行和干涉法院的职权论处。现在你跑吧!"

唉,可怜人的确没跑!假如他知道会这样,他宁愿不去法院。要知道,谁在什么时候听说过能用一捆麻做成一件衬衣,而且又以三天为限?可是当他到家把这告诉女儿,女儿并不把它放在心上。她从树上折了一根嫩枝,把它递给父亲并说:

"您再去,父亲,去找那个县法官先生并告诉他,如果他在天亮以前用这根枝条给我做出劈麻工具、纺锤、纱锭、线轮、锭子、织机、纺车和其它用于织布的东西,我就像他所希望的那样,一切都做到。"

法官现在才了解,他同谁在较劲儿!不过,无论如何,他用枝条做出她所要求的东西,而她第三天也给他送去那件结婚衬衫。

"好,"县法官对父亲说,"既然你女儿是个这样的能手,就让她到我这儿来,要举行婚礼。但是,让她来时别在白天,也别在晚上;别完全步行,也别骑马;别顺着路走,也别不顺着路走;别穿衣服,也别光着身子;让她给我带来礼品非礼品。"

父亲对此只是摇头,不过女儿安慰他,要他放手把这留给她办。从那一刻起,法官先生就不离开窗户,急不可耐地等着她的到来,因为他听说,她不仅聪明,而且也非常俊俏。

第三天清晨,天一开始发亮,法官就站在打开的窗前,看见姑娘走近他的房子——既不是在白天,也不是在晚上,而是在两者之交。她骑着公羊,两脚着地,既不完全步行,也不是骑马。她让羊沿着车辙走,这样既顺着路,又不顺着路。她身上缠着渔网,这样既穿着衣服,又不穿着衣服。她提着一只盖着的小篮,里面放的肯定是那个礼品非礼品。

她俊得像玫瑰花蕾,走进房间,递给他用餐巾盖着的小篮。法官一打开餐巾,姑娘用小篮带来的两只鸽子,就扇动双翅,穿过窗子飞到广阔的天空。

"喏,我的心肝宝贝,"县法官说,"我答应怎样,就会怎样。今天牧师就将为我们祝福。不过你聪明,我也有自己的理智。假如你身为我的妻子,插手我的工作,那是不对的。因此,我在举行婚礼以前就警告你:你不得过问我的审判事务!如果你这么做,哪怕只有一次,你就必须离开家门。"

姑娘表示同意,这样他们就径直走向祭坛。

他们愉快地一起生活了一段时间,法官越来越喜欢自己的妻子,但是要发生的,有一天终于发生了。

有一回,两个步行者一起上法庭。一个从集市上赶了一群马,另一个赶了一群阉牛,两人过夜时住在隔壁。夜里一匹牝马生了一只小马驹,不过贩马人没发觉,小马驹跑到牛群里去。早晨贩牛人发现小马驹在一头牛身边,不想把它还给贩马人。法官作出判决:小马驹属于贩牛人。

"这样的法律真见鬼!"当法官的妻子在院子里碰到贩马人时,不快、难过的贩马人在鼻子底下嘟囔道。

"您发生了什么事,善良的人?"她问他。

"太太,我为真理而来,而这里的真理是这样的:不是牝马,而是阉牛生小马驹。"他把一切都告诉她。"别难过,善良的人,"她对他说,"只要您听我的话,一切都会好转。下午我丈夫要到那条河边散步。您随身带着镰刀和渔网。等到法官来到您跟前,您在水里拿起镰刀和扫帚。然后,您跳到岸上,撒网,似乎在草地上捕鱼。当我丈夫看见您,他肯定会问:天哪,您干什么,并骂您是笨驴。您只对他说:哎呀,法官老爷,很快就会发生,我在水里割草,在草上打鱼,就像阉牛会生小马驹一样。您可看到,以后小马驹会送还给您。只是看在上天份上,别透露是我给您出的主意,不然我就糟了。"

傍晚,法官先生出来散步,看见那个贩马人在水里割东西,在草地上撒渔网。

"你干什么,你这个蠢驴,与众人相反?"

"法官老爷，您白白骂我是蠢驴，"他大胆地回答，"很快就会发生，我将在水里割草，在草上捕鱼，就如同阉牛会生小马驹一般。"

当法官听到这话，他开始认识到，自己作出了愚蠢的判决，但他立刻懂得，谁能为贩马人出这主意。

"你胆敢这么嘲笑我的判决？这肯定不是出自你的脑袋。告诉我，谁给你出的主意！"

"但是要知道....喏，我...."贩马人结结巴巴地说。

"你，你！只能好好说真话！否则，小马驹你要不回去。是我妻子给你出的主意吧？"

贩马人已惊慌失措，他就承认，这确实是尊贵的太太想出来的。

"这我想得到！"法官说，但他还是命令贩牛人，立刻把小马驹退还给贩马人。

只是以后在县法官的脑袋里，掀起一阵旋风。如果他应当信守诺言，他没有任何别的办法，只有把妻子送出家门。不过，他这么喜欢她，怎么把她抛弃？然而，当他回到家里，冷静的理智对感情还是占了上风，法官对妻子说，要她去找父亲。

"你可以带走，"他最后对她说，"你在这里最喜欢的东西，但是，你得离开家门！"

太太不吵架，不顶撞，只是请求他，让她做一顿好的晚餐，以便两人最后一次一起吃晚饭。法官表示同意，晚餐非常可口，当然也少不了好的葡萄酒佐餐。当他们吃饱了，法官又把罐里的酒喝光，酣然入睡。

马车已在房前等候。太太叫人把法官抱到马车上，坐到他的身边，命令一直拉到父亲的院子里。她在屋里铺好自己的床，把丈夫好好地安顿在床上。

早晨，县法官擦眼睛，因为他这回不知道，究竟是在作梦，还是真的在乡村的某个屋子里。这时，他的妻子出现了并说：

"你睡得好，亲爱的？你看见了，即使在农民的小屋里睡得也不赖。我们在这里会过得好的，我们也可以永远留在这里。"

"你说什么？我究竟在哪里？"

"也许你忘了，亲爱的，你把我逐出家门，允许我随身带走我最喜欢的东西？喏，我最喜欢的就是你，所以我把你带走了！"

"论聪明才智，终究谁也比不过女人。"法官先生说，不过他非常高兴，事情落得个这样的结果，他有这么聪慧的妻子。他们回到自己的家,把太太的父亲也带着，法官先生现在才骄傲地把自己的媳妇领进家门！

20
黑　猫

一位富有的老爷,有三个儿子。人们认为两个大儿子聪明,而那第三个儿子愚蠢,因为他谦虚、退让。父亲已年迈,因此认为最好及时把财产分给儿子,以免他有朝一日闭上双眼时,他们之间发生纷争。这样,他就把儿子叫来,对他们说:

"你老大,"他说,"将得到这个,老二这个,小三这个,这样你们任何一人也不会受什么委屈。"

但是,两个大儿子不喜欢这样的分法。他们认为,他们两人应得到一切,愚蠢的弟弟什么也不需要。

"好吧,"父亲说,"既然你们不喜欢我的分法,就一切照旧,你们到外面去闯。一年以后,你们当中谁穿着最漂亮、最特别的衣服回来,谁就可得到一切。"

于是,年轻人就出发到外面去闯。他们已走了许久,来到一个十字路口。两条漂亮、平坦、修过的道路朝两个方向蜿蜒伸展,朝第三个方向去的是一条崎岖不平,坑坑洼洼、净是石头而且长满荆棘的道路。当然,两个哥哥走那两条好路,把弟弟赶到那条坏路上。

老大留在大城市为一个国王效力,老二谈好到一个庄园干活。

可怜的小三在那条不是路的路上艰难跋涉,最后来到一片广阔的草地,在那片草地上看见一只黑猫。

"啊哈,"他想,"既然这里有猫,附近肯定也会有人。"

猫跑到小伙子跟前,开始在他的两脚四周蹭来蹭去,然后跑开几步,不过又站住往后瞧,好像叫他跟着它。他没多加考虑,就跟着它走。突然,猫把他带到一座巍峨的宫殿。它跑进去,小伙子跟在它后面。他们来到入口大厅,那里挺安静,一个人也没有。他们从大厅走到一个房间,走到第二、第三个房间,这样就把整个宫殿都走遍了,可是所到之处都挺安静,空无一人。最后,那里还有一道门,门后有间房子,房里放着一张铺好的桌子,不过只供一人使用。桌上各种菜肴香味扑鼻,诱人入座,旁边放着一瓶葡萄酒。小伙子就座,饱餐一顿,也稍微饮了点酒。

饭后门打开了,黑猫跑进来,跳到桌上说:

"欢迎,欢迎你到我这儿来!"

小伙子感到奇怪,猫会讲人话,可是它继续说下去:

"我是这座宫殿的女主人,关于你的一切痛苦我都了解。在我这儿,你可过得好。每天你可在这张桌旁吃饱喝足,然后我也让你挑选最漂亮的衣服,但是你必须好好听我的话一年。你的义务是这样的:每天早晨日出以前,我把你叫醒。你带着这把木刀,到山里去。到了那里,砍下一根树枝,你将用那根树枝打我,一直打到我不能抓门把手时为止。每天都这样。"

"可是,亲爱的猫!既然你对我从来不干任何坏事,我为什么要打你?"小伙子感到奇怪。

"你喜欢怎样,就怎样。如果你不愿意,你不必这么做。但那样的话,你就得不到最漂亮的衣服。"

于是,不管他喜不喜欢,他同意做猫命令他做的事。天还没大亮,猫就来把他叫醒。他从床上跳起来,拿起木刀,到山里去,砍下一根树枝。他拿着树枝回家,开始抽可爱的猫。猫跳来跳去,痛得喵喵叫,这使他可怜起它来,抬不起手来。不过猫叫他:

"你已经忘记我对你说过的话吗?打,只管打!"这样,不管他愿不愿意,他又抽它,不过幸好当他用树枝揍三次,猫跳到把手上,这是已经打够的迹象。但第二天早晨又是老一套,每天都是如此。直到有一天猫对小伙子说:

"你的两个哥哥已经在回家途中!现在你到中间的

那个地下室去,那里挂着金衣服。你把它拿走,再见!不过,你要把金衣服穿在里面,把自己的衣服穿在外面,这么走回家去。只在适当的时机,才穿着金衣服露面!"

小伙子拿了金衣服,对猫的厚爱深表感谢,对打它表示歉意,就动身回家。

他在十字路口同两个哥哥会合,他们穿着盛装在那里休息。他们一看见他,嘲笑的话就没完没了,没边没际。不过,他对此一句话也不说,他们就这样回到家。父亲喜欢两个大儿子的令人骄傲的衣服,但当他看见小儿子,脸就阴沉下来,把一个流浪汉用的口袋塞到他手里,并说:

"你真的是个像你两个哥哥所说的人。从我眼前滚开,我连见也不想见你!"

小伙子听了跑到第二个房间,脱掉外衣,穿着金衣服走到院子里。父亲透过窗子往外瞧,不相信自己亲眼所见。他感到尴尬的是把儿子赶出家门,又把他叫回来。

这么一来,最小的儿子穿的衣服是最漂亮的,因此一切都应该归他所有,但父亲又说话了:

"小三穿回来的衣服最特别,不过我还要考考你们。你们还必须出去闯,谁一年后牵回最好的马,一切将都是他的。"

于是,像以往那样,三个兄弟又外出闯荡。猫又在那片草地上等候,把小伙子带到宫殿。那里一切照旧,桌子也随时准备着,不过如果小伙子想得到最好的马,又必须在日出以前到山里去,用木刀砍下树枝,用那根树枝鞭打可怜的猫,直到它不能抓把手时才作罢。每天都是这样。

一年以后,猫对他说:

"你的两个哥哥已经又在回家路上,他们牵着马!你到马厩去,在那里你可看到许多马匹,不过你只解开角落里的那匹。它长得瘦弱,你别怕!当你拍它时,你就可看到,它是一匹神马!"

小伙子解开那匹瘦马,对猫深表感谢,就动身回家。马只一步步地走,但他对它一拍,它就忽然变成一匹金鬃神马,他们像旋风一样飞奔。当他们走近十字路口,神马又变成瘦马,四条腿前后交错,走得慢吞吞。两个骄人的哥哥已在十字路口附近放牧自己的马,当他们看见弟弟骑着那匹可怜的马,就忘记金衣服的事,嘲笑的话又是没完没了、没边没际。

当他们回到家,父亲喜欢两个大儿子的马,但对小儿子只不情愿地表示欢迎,不过已没有把他逐出家门。这样,所有三个人就把马牵到马圈,去吃午饭。饭后,小儿子悄悄溜出房间,穿上金衣服,把自己的马牵出马圈,骑上马并对它拍了拍。金鬃马在院子里踩了踩地,旋风

般地绕着房子跑了一圈。父亲透过窗子往外瞧,看见自己的小儿子骑着骏马,就叫两个大儿子:

"你们瞧,你们的弟弟骑着怎样一匹马!"

他们感到奇怪,尤其感到难受:

"漂亮,他的那匹马是漂亮,不过,是不是也像我们的马这么好?"

"这马上就可看出来,"父亲对此说道,"你们去,也给你们的马上好鞍,你们须跳过那道门。"

老大第一个起跑,想从门上跳过,但门挺高,马打断一条腿。老二在他后面起跑,但他的马的两蹄碰着门,同骑手一起跌倒在尘土里。小三拍了拍马,马犹如鸟一般,从门上一飞而过。这就表明,谁的马是最漂亮和最好的,谁应当继承一切。

但是,父亲总是没个够的时候。

"第三次也许就行了,"他说,"你们还必须出去闯一次,一年以后,你们当中谁带回最与众不同的媳妇,我真的就把一切都给他。"

于是,他们又走呀走,每人走自己的路。猫又在那片草地上等候,把小伙子带到宫殿,像以前一样欢迎他:

"现在我也非常清楚,父亲为什么把你们送出家门。你只管像迄今为止所做的那样做,一年以后你会有一个你不必为她感到惭愧的未婚妻。"

日出以前，小伙子又到那座山里去，在那里用木刀砍树枝，鞭打可怜的猫。每天也都是如此，直到一年飞逝。

一年就要过去时，猫在天亮以前把他唤醒，说："起床吧，你的两个哥哥已在回家途中，他们带着妻子，是你也找个未婚妻的时候了。今天你不要再打我，而是这么做：带着这把木斧，到山里去，在那里砍伐木材，不过同时也砍野蔷薇枝条，你能拿走多少，就砍多少，然后、在院子里把木材难成堆，你办完时，就来告诉我。"

当他做完这一切，就去向猫报告。

"好的，"猫就此说道，"现在你举起这把到。把我砍成三段，再把它们放到那堆木材上，从下面点火把柴堆烧着！当一切都烧光时，各种各样的妖魔鬼怪就会从火堆里跳出来，向你扑去。但你用野蔷薇枝条鞭打它们，它们就会一个个钻到地下去。最后，一个最可怕的丑八怪从火堆里挣脱出来，嘴里叼着钥匙。你用那些枝条打它，直到它把那钥匙交给你为止。它在这以后也会钻进地里，你去打开那个领着的房间。喏，你现在举起剑，按照我对你所说的做。"

小伙子的手开始发抖，泪珠从他的眼里滚下："啊，你对我好，我怎么能这样做呢？"

但猫催他道：

"你只管按我告诉你的做，如若不然，你就会找不到未婚妻，一切都会恶化。"

那么，可怜人应怎么办，只能听话。这样，正如造所说的，当木材烧成灰烬，各种各样的妖魔鬼怪开始从火堆里跳出来。但当他用野蔷薇枝条抽打它们，它们立即就钻入地下。最后，一个可怕的怪物从灰烬里跑出来，当他不断用枝条抽它，它向他交出钥匙，也钻入地下。他手拿钥匙去开那锁着的房间。他一打开房间，在房里看见一位美丽、可爱的年轻女主人，她对他叫道：

"啊，谢谢，谢谢你，你解救了我！"

然后，她给他讲述，她是谁，发生了什么事。她的父亲是位国王。母亲早就死去了，父亲逝世后留下公主独自一人。一个老妖婆来求她作自己儿子的妻子。当然，她不愿跟着他走，因此那个老妖婆就对她念咒，把她变成猫。只有好心的年轻人才能解救她。现在她已没有什么好怕的了，因为最后钻下去的最大的丑八怪，就是那个老妖婆。如果年轻人喜欢公主，就可把她选作未婚妻，因为她确信，他真的有颗善良的心。

欢天喜地的人们从四面八方涌向王宫，因为小伙子也为他们解除了咒语，所有的人都感谢他解救。当天就举行了婚礼。婚礼过后，年轻s夫妇叫人把四匹马套上一架漂亮的马车，朝着小伙子父亲住的方向飞奔而去。

两个哥哥也带回自己的媳妇，但当这位公主出现时，喜上眉梢的父亲就拥抱小儿子和俊俏的儿媳妇并说：

"儿子，你三次最出色地完成我布置的任务，因此我把全部财产给你。"

但他对父亲深表感谢并说：

"谢天谢地，我一切都多的是，您判给我财产，我表示感激并把它转让给两个哥哥。让他们在这里平静地生活，我们只把您，亲爱的父亲，一起带走。"

21
金纺女

从前在大海彼岸遥远的地方,有一个年轻的少爷。他已到结婚年龄,他想,需要到外面去看一看,找个端庄秀丽的妻子。他既这么想,也这么做。遂走出家门,云游四方。不过他走来走去,找不到他所要的女子。有一天晚上,他敲一个寡妇家的门,想借宿一宿,不料看到她有三个俊秀的姑娘,正待字闺中。那两个大些的像蜜蜂一样干起活来,而那个最年轻的汉娜却像只铅一般沉重的小鸟。少爷来时恰逢举行纺纱晚会,感到非常奇怪,汉娜的两个姐姐在纺纱,她怎么能在炉边打盹。他转向母亲:

"请您告诉我,您为什么不让您的三女儿也坐到纺车前呢?"

"哎呀,少爷,"母亲答道,"要知道,我也衷心希望她纺纱,不过她是个纺纱能手,天亮以前自己一人就不仅能把所有的纱,而且也能把屋顶所有成捆的麻,都纺成金线,最后甚至还会把我的花白头发也给整了。因此,我绝不能打扰她。"

"既然如此,"少爷高兴地说,"如果上天有意。您可把她给我作妻子。你要知道,我有许多土地和巨大的院落,到处都有一堆堆的亚麻、苎麻、二等品和下脚料,她可尽情地纺。"

母亲未进行长时间考虑,把汉娜从睡梦中唤醒。她们从大木箱里给求婚者找出一个漂亮的橄榄编制花环,用花草作装饰,花环在当天晚上就准备好了。参加纺纱晚会的其他姑娘有点羡慕汉娜这么幸运,不过她们最后觉得,既然绰号为"懒惰的手"的汉娜能找到丈夫,她们兴许也能嫁得出去。

翌日,年轻的女婿叫人给马套上鞍,他就把泪痕满面的未婚妻扶上漂亮的马车,让她坐在自己身边,向丈母娘伸出手去,同大姨子告别,他们随即飞奔出村。可爱的汉卡[1]泪光闪闪地、难过地坐在年轻的夫婿身旁,好像母鸡吃了她的面包,对他所说的这样那样的话不作答。

"你非常想家吗?"他问她:"你别怕!在我那里你可过得好。你心里要什么,我就给你什么。你不必打盹。亚麻、苎麻、二等品和下脚料,够你整个冬天用的。

---

[1] 汉娜的昵称,后面的汉妮奇卡同。

但汉卡越来越愁眉苦脸。

晚上,他们来到少爷的庄园,下了马车,晚饭后人们把未来的太太带到一个很大的房间,那里自下而上没有别的,只有纱而已。

"喏,"少爷说,"这是给你的纺车、纱锭、锥子以及用于润喉充饥的苹果和一点豌豆,你纺吧!如果你在天亮以前把这一切都纺成金线,我们马上就结婚。但是,如若不然,我就真的不给分文,叫人把你赶出去。"随后少爷就走开,把纺纱女留在那个房间里。

当汉卡独自一人留下,她的确未坐到纺车下纺纱,因为她连缠线也不会,而是开始号啕大哭:

"天哪,天哪,要知道我出了个大洋相。我母亲为什么没教会我像其他姐姐那样干活和纺纱?我本来可好好待在家里,可现在我这个罪过的女子,也许得这么白白死于异国他乡。"

在她伤心痛哭时,墙壁忽然打开,一个戴着小红帽、围着小围裙、推着金色小独轮车的小男人站在汉卡面前,使她吓了一跳。

"你为什么哭肿了眼睛?"他问汉娜,"你发生了什么事?"

"我,罪过的人,怎么能不哭呢?"她说。"你想一想,他们命令我在天亮以前把所有这些纱都纺成金线,如果我办不到,他们就不给分文,叫人把我赶走。天哪,天哪,我怎么办,我根本不会纺纱,更不用说纺金线了!"

"如果只是这么件事,"小人说,"你不必怕,我很快就教会你纺金线。不过你要答应我,我一年以后在这同一个地方找得着你。如果你那时猜不着我的名字,你将作我的妻子,我就用这俩小车把你推走,可是如果你猜对了,我就不打搅你。但是你记住,如果你想躲藏起来,即使你飞上天,我也能找到你,你就倒霉了。怎么样?你同意吗?"

当然,汉卡对此不大喜欢,不过她该怎么办?最后,她只说:"听天由命吧,我同意。"

那个小人一听到这话,推着那辆小金车,绕着她跑三圈,坐到纺车下并说:

"这么样,汉妮奇卡,这样,这样!"不知怎么,他就教会她纺金线。

接着,他从哪里穿墙来,就从哪里走,墙壁在他身后自己合上。

现在,真正的金纺女已坐到纺车下,纺呀纺呀,纱逐渐减少,而金线不断增加,到天亮以前,她不仅把一切纱都纺完了,而且也睡够了。

少爷早晨一醒来,就去瞧自己的来婚妻。当他走进房间,还好眼睛没有因满屋金光闪烁而瞎了。他高兴地拥抱金纺女，马上举行婚礼。

他们生活在对神的敬爱之中，如果说少爷以前喜欢看汉妮奇卡纺金线，现在更爱她，因为在这期间他们生了个漂亮的儿子，同时她真正变成一位他所想像的家庭主妇。

然而，日子一天天过去，一年很快就要完了。

汉卡开始越来越难过，她只是无目的而又沉重地从一个房间走到另一个房间，眼睛红肿，泪光闪闪。要知道，这不是小事一桩，她突然要这么失去好丈夫和漂亮儿子。少爷尽量安慰她，但她是无法安慰的。

当只差几天就满一年，汉卡下了决心，把自己的一切和第一夜在丈夫的庄园里发生的事都讲给他听。丈夫迅速叫人向整个周围地区宣布，谁能找到那个戴着小红帽、推着小金车的小人或认识他并能告诉其名字，可得到脑袋那么大的一块黄金。

人们跑到四面八方，查看一切角落，还好没掏耗子洞，不过确实什么也没找到、没查出。对小人谁也没见过，也不认得。

一年的最后一天到了，谁也没听到关于小人的消息。汉卡手上抱着爱子，不断哭泣，泪水涟涟。可怜的丈夫为了至少不必看着自己的妻子痛苦，把猎枪挎到肩上，带着一群忠实的猎犬，出去打猎。

大约下午用茶点的时间前后,他们正在一片密林中,四周开始打闪,电光纵横交错,并下起倾盆大雨。在天气这么恶劣的情况下,仆人四散躲雨,因此少爷身边只有一个仆人,并被淋得像落汤鸡。

躲在哪儿,在哪里烤衣服,晚上在哪儿躲过坏天气?可怜的仆人和少爷环顾四周,看能否至少找到一个牧羊人或放牛人的小屋。可是什么也没有。直到最后他们才发觉,从岩石的缝隙中冒出一股烟,好像是从某个石灰厂泄露出来的。

"去看看,小伙子,"少爷对仆人说,"烟从哪儿出来。哪里有烟火,哪里可能就有人。你求求他们,能否让我们过夜。"

少顷,仆人回来说,那里既没有房子、小屋,也没有人。

啊,你不会办事,"少爷对仆人说,他冻得牙齿磕出声音,"我亲自去,罚你挨浇,如果有人给我安排住处也是如此。"

这样少爷就去了,不过他也确实没找到任何人类的栖身之所,只是看见先前看见过的那个地方不断冒烟。最后,不快的少爷说:

"鬼骑鬼,活见鬼,我必须弄清楚,从哪里冒出这么多的烟!"

他来到一个洞口,俯身往里看。他看见,地下的火炉上烧、烤、炸着各种各样的菜肴，一只小石桌铺好供两人用。头戴小红帽、手推小金车的小人绕着那只小桌跑，每跑一圈，就唱：

"我曾经教会一个姑娘纺金线，

一年已到，我今晚就找她去。

她如猜着我是谁，

我就耷拉着脑袋走开去。

但是她如猜不着，

就将坐进我的小车里。

她将永远属于我，

永远是马尔丁科·克林加什的。"

少爷比遭了雷击更甚。他忘记被淋透了，忘记感到寒冷。他尽快跑去找仆人，开始寻找回家的路。天气稍微好转，山中放晴，他们得以找到一条羊肠小道，顺着小道拼命赶回家。

少爷到家见妻子极其痛苦，非常可怜，泪流满面，因为她以为，她不仅不得不离开丈夫，而且不能同他诀别。因此，他搂着她说：

"别难过，我的妻子，一切都会好转。他的名字叫作马尔丁科·克林加什。"

接着，他给她讲述了一切：他到哪里，路上怎样，他们怎么发现那股烟和找到那个洞口。汉卡高兴得拥抱他和吻他,边重复着小人的名字,边兴奋地走到头天晚上纺金线的房间去。

当半夜的钟声敲响,墙壁就打开了,戴着小红帽的小人像一年前一样来了,推着小金车绕着她跑并叫道:"你如猜得着我的名字,我就放你,你如猜不着,我就娶你。你猜吧!"

"我试着猜猜看,"汉卡说。"你的名字是马尔丁科·克林加什,你必须把我,谢天谢地,留在这里。不过,即使如此,我也感谢你。没有你,我就不是今天的我。但是,现在你走吧,再见!"

她这话出口,小人就难过起来,不过他推起小车,从哪里来,还从那里走。墙壁合上了,汉妮奇卡叹了一口气。

从那个时候起,她就不再纺金线,不过这也没有必要,因为他们已经够富有了。然而,她仍以金纺女长期留在大家的记忆中。

22
红胡王与金发女

在第七十七个国家里,在玻璃山、木头岩、稻草柱后面,住着一个富有的国王,他有个女儿叫金发女。她的头发像太阳一样金光闪闪,眼睛犹如天空一般碧蓝明亮。她的求婚者数以百计,不过她不愿嫁给任何人。最富有、最聪明、最健壮的求婚者是红胡王,父亲最愿意把她嫁给他,可是红胡王因胡子红得像火焰而得名,每当金发女瞧见他的胡子,她跟他走的一切兴趣就一扫而光。红胡王白白围着她转,父王白说服她,像红胡王这样的男子远近也找不着,金发女既不愿意跟他,也不愿意跟别人。最后,父亲对她说:

"你看着,我的女儿,你总有一天必须嫁个人。我让你自己决定。你可嫁给你自己愿意嫁的人,你现在就挑吧。"

随后,金发女求父亲给她一年时间,说在此期间将考虑,究竟是跟哪一个。

有一回，侍女给金发女梳头，忽然在她的头发里发现一只虱子，虱子怎么跑到她的头发里去，确实不得而知，要知道侍女天天给她洗头。假如在别的时候，金发女就会狠尅侍女，因为她不干别的活，只管她的金发，可是现在她突然想起什么，对侍女说：

"你好好听着。关于此事对谁也不准说，否则你就会倒霉！不过，既然这只虱子已经在这里，我们要偷偷把它养起来！"

她们真的把虱子养在一个小木箱里，虱子不断长大，一直长到几乎像猫那么大。这时，她们叫人把它杀死，从它身上扒下皮，进行加工，用皮缝制一双鞋子。金发女再次提醒侍女，不论发生什么事情，她都必须装聋作哑。

一年好像拍一下巴掌似的很快就过去了，父亲叫女儿告诉他，她要嫁给谁。

"我要嫁给，父亲，猜得着这双鞋子是用什么皮做的人。先让国王、王子和贵族猜，如果他们猜不着，以后即使让乞丐猜也行。"

金发女是怎么想的，也就怎么做。首先由那些最尊贵的人其中包括红胡王先猜，但谁也猜不着。然后国王宣布，如果乞丐猜着谜语，他也把女儿嫁给他。后来不论什么人都猜，但还是谁也没猜着。不过有一天，有个乞丐坐着由瘦骨嶙峋的马拉的咯吱咯吱作响的车子跑进王宫。仆役想马上把他赶出去,可是他说他是来猜未婚妻的,如果上天让他猜着,他立刻就把她拉走。

于是,他们给乞丐看那双特别的鞋子,而乞丐一看鞋子就说:

"现在这是穿在脚上的,然而当它活着时,那是在头上的。"

金发女红了红脸,对他说:

"好吧,你猜对了,有什么办法,我跟你走。"

"你挑选了谁,就是谁。"父亲生气而又难过地补充道。

婚礼刚办完,金发女就不得不穿上朴素的衣服,乞丐扶她坐到车上,驾!可怜的瘦马一步一步、歪歪扭扭拉着他们走了。

他们坐车走了又走,来到一片肥美的草地,放牧着一群白色的绵羊。金发女转向牧人问:

"嗨,牧羊人,那是谁的羊?"

"会是谁的?红胡王的!这是远远近近最富有、最好的老爷。"牧人说。

"噢,我罪过、非常不幸,当我不愿意嫁给他时,我把理智抛到哪里去了!"金发女心中叹道。

他们坐在那辆两轮车上缓慢地走着、走着,好不容易来到广阔的牧场,放牧着一大群奶牛和肉牛。金发女

《红胡王与金发女》

《鬼当仆人》

《蛤蟆的教母》

《长鼻子》

《小船工与先知》

《戴讷讷》

《马　太》

《维尔科与天堂的荣耀》

在这里也发问:

"嗨,牧人,那是谁的牛群?"

"会是谁的?红胡王,那位最富有、最好、天下无双的老爷的!"

"啊,我罪过、非常不幸,当我不愿意跟他走时,我把理智抛到哪儿去了,而现在却在这里同乞丐一起坐车颠簸。"金发女想道。

他们坐车走呀走,车子颤动,金发女已感到浑身难受、疼痛,后来他们来到山里。人们把一群牡马赶到山坡草地上。金发女问道:

"嗨,牧人,那是谁的牡马?"

"会是谁的?红胡王,那位天下最富有、最好的老爷的!"

"啊,我罪过,非常不幸,当我不愿意跟他时,我把理智抛到哪里去了,"金发女心里抱怨道,"我本来可以有个这样的丈夫,而现在却同可怜的乞丐一起坐车!"他们翻过山岭,一个美丽漂亮的大城市就展现在他们面前。

"这是谁的城市?"金发女问自己的乞丐丈夫。"这是红胡王的城市。"他答道。

"我们进城吗?"

"是的,我把你拉到那里,我的妻子。我在红胡王宫殿的下面有间小屋。我们将住在那里，一起好好生活。我去求乞，你到一个什么地方去干活。我带回善良的人给我的东西，你挣点什么，我们随时用这些东西做可口的晚饭。这样，我们可过得像一对鸽子，难道不是吗，我的心肝宝贝？"

金发女只是泪如雨下，一句话也说不出来。

但乞丐并不因此而难过，把她放在自己的小屋里。早晨，太阳最初的光线刚把地平线镀成金色，他就叫醒并命令她：

"正如我昨天对你所说的，我现在去乞讨，你到王宫里去，活我昨天晚上就给你找到了。他们会叫你到花园的麻地去锄草，这真是个轻活，除此以外，你还可把些许胡萝卜和香菜揣进兜里带回家。你别哆嗦，这也是我们的手艺之一！你现在就走吧！晚上要做胡萝卜香菜汤。我回家时，就要做好！"

他说完就把她推出门外，锁上小屋，进城去了。金发女应当怎么办？她到王宫里去。别的妇女已在大门边等她，她们带着她一起到花园的麻地锄草。她们像别的妇女在一起那样，叽叽喳喳，无所不谈，也谈到红胡王叫人打扫和装饰整个王宫及其附近的花园，可能是要结婚。

金发女不说什么，只是叹气。她锄了地，因害怕丈夫，与此同时也把几个小胡萝卜和几根香菜塞进口袋里。但到了晚上，当她们下工时，一个园艺师站在门边，每个女工必须把所有口袋都翻过来，看是不是偷了什么。他们没在任何人身上找到什么，只在金发女身上找到胡萝卜和香菜。园艺师对她很不好，说真的不付给她工钱，如果她不想直接进黑牢，第二天还必须来干活，以补盗窃之过。不管受到羞辱的金发女愿不愿意，她答应次日早晨再来锄草。

在家怎样呢？在那里，丈夫还责骂她。他对她又叫又骂，骂她是个笨蛋，不会手艺，连弄点蔬菜以便至少能喝个好汤也不会，这样实在没法活。他补充道：

"明天你要第一个上工，别让我也为你进黑牢。红胡王不开玩笑！"

早晨，金发女第一个来到花园，园艺师对她说："你把那些长手指头伸出来瞧瞧，看除偷东西以外，是否也适于干活！"

当他看到她细嫩的小手指头，不禁笑了起来：

"你们瞧，这位要在花园里干活！要知道，这是一双放在玻璃橱窗里展览的手，而不是到花园里干活的手！"

碰巧一个侍女从旁边走过，因此园艺师就把金发女指给她看，让她把她带到王宫里去，往鸭绒被里塞鸭绒。

侍女把金发女带到王宫里，他们叫她打扫一些地方。

金发女对王宫的金碧辉煌表示惊叹,这她在家也没见过。不过片刻以后,他们就叫她,说裁缝来为新娘裁剪衣服,将按最漂亮、最苗条的女仆的身材做。所有女仆必须排成一行,瞧,侍女选中了金发女。于是,他们随即给她量了尺寸,按照她的尺寸缝制了一切衣服。他们加紧做,因为据说国王的未婚妻明天就要穿着新衣跳舞,因此到晚上挺晚才放金发女回家。

气鼓鼓的丈夫已在家里等着,马上责问她:"你这么长时间在哪儿,捎回什么来啦?"

"我在那里的时间长,因为他们不放我走。我什么也没捎回来,因为他们什么也没给我,"金发女哭开了。"我的老婆!"乞丐继续嘟哝道,"你已经两天没捎回什么了,这样我们还活得了吗?"

不过当他看到,她可能因痛苦而出事,同她说话的口气就缓和些:

"好吧,别这么难过。就是出去要饭,也不是这么糟。今天我到王宫的厨房里去,他们在烤制婚礼用的糕点。他们也分给我,我们好好一起吃晚饭,"接着拿出满满一盘好吃的糕点,都是金发女在家吃过的。

但早晨难堪的事又开始了:

"你没有别的地方可去干活,还必须到王宫里去。我推荐你去厨房。我对他们说,你挺能干,他们马上就多给我糕点。那里现在糕点有的是，因为他们在准备婚礼用的菜肴和糕点，听说红胡王晚上要把未婚妻带来。你别自个儿把他们给你的一切都吃光了。这里有个罐子，你把它绑在围裙下面，不让别人看见，他们分给你东西，你随时给我倒点。即使从你身上搜出来，谁也不会说什么。你知道，我已经好久没吃过热的东西了，所以弄不到汤，别回来！"

他说完又把她推出门外，进城去了。

金发女在王宫的御厨里挺好，因为她会出主意，究竟该怎么筹办宴会。一天不知不觉过去了，晚上金发女也往围裙下的罐子里盛了点汤，就要回家。但仆人把她带到自己中间，说必须去看跳舞，至少从侧门看看第一个舞蹈。

大厅里已坐满了人，这时响起了第一支舞曲。男士们和女士们站起来，结成一对对舞伴。每个男跳舞者身边都已有个女舞伴，只有年轻的女婿仍然独自一人。红胡王突然握住可爱的金发女的双手，把她带进一双双舞伴之中。他同她一起猛转圈，然而这时汤从罐子里洒出来，浇了她和红胡王一身。金发女感到羞愧难当，脸红到发根，因为所有的人立刻停止跳舞，出现一片混乱。在这片混乱当中，羞愧、被搞糊涂的金发女没怎么发觉，她出了什么事。可是侍女们包围了她，把她带进隔壁房间，帮她脱下朴素的、浇湿的衣服，开始给她穿上根据她的身材量的和做的、用金丝绣的衣服。她不干，说为时已晚，她必须回家，否则又要倒霉了，但谁也不理她所说的话。她们给她穿衣、梳头，她像星星一样大放光彩。

门打开了，中间放着乞丐的车子，车上坐着红胡王本人。他发出真挚的微笑，从车上跳下来，朝着金发女走去，张开双臂欢迎她。

"喏，我的心肝宝贝，你认得自己来自小屋的丈夫吗？我对你认得很清楚，不论你穿着显得贫穷的衣服，还是穿着那些王后的衣服！"

欢乐的眼泪顺着金发女的脸颊流下来，不过在她的嘴唇上荡漾着灿然的微笑。红胡王把她带到大厅里，向客人介绍说，她是自己的爱妻和他们的王后。

金发女的父亲也来参加婚宴，以便同自己受到惩罚的女儿互相问候，并对年轻夫妇表示祝福。

后来，他们长年生活在爱和幸福之中。不过还必须补充，对并非守口如瓶、而是应红胡王的迫切要求向其透露鞋子的秘密的侍女，金发女未将她投入黑牢，而是把她提到所有的侍女之上。

23
鬼当仆人

一个穷伐木工到山里去，他要干一整天活，布口袋里带了最后一块面包。到了山里，他把口袋挂在树枝上，开始干起活来。可怜人把挺粗的橡树砍成一段段，砍得他额头流汗。一个来自地狱的黑鬼悄悄接近口袋，偷走他剩下的那块面包。然后，他回到地狱，骄傲地笑着向同伴讲述，他干了怎样的恶作剧。

"你就以拿了某个可怜人的最后一片面包自我吹嘘吗？"大鬼听了以后说，因为在地狱里也有一定规矩。"我就在这里养虚伪的小偷吗？"

他真的对他作出了判决：

"罚你给伐木工干活一年，并且要好好干。"

第二天，穷伐木工又准备到山里去，门打开时，一个年轻力壮的青年人走进来。

"您好，当家的，"来人问候道，"要不要我给您干活？"

"啊,小伙子,我给你吃什么,用什么付给你工钱?"伐木工答道:"我自己没什么可吃的,正如你所看到的,一堆孩子饿得在旮旯里哭泣。"

"喏,您只管招聘我。我光干活,什么也不要,您可看到,您在我身边会过得好。"

"好吧,既然这样,我不反对。给你斧头,你跟我一起进山。"伐木工说完,他们就出发了。

没过三天,伐木工自己一年也砍不完的整座山的树木,就都被砍倒并堆成堆。看着一段段的木材摞成整整齐齐的一排排,委实令人高兴。从那时起,伐木工过得一天比一天好,他的孩子不再因饥饿而在旮旯里哭泣。他们能吃饱饭,精神愉快,身体像他们在山里砍伐的山毛榉那样健康。

"喏,当家的,"有一天仆人说,"您在这里慢慢砍,我到别的地方去打粮食,使您冬天有足够的粮食做面包,也能养点什么。"

"你想得不错,"主人夸奖仆人,"你去吧,我能砍多少,就砍多少。"

于是,可爱的仆人就走了。在一个大庄园里,住着一位富有的老爷。他有三百垛粮食堆在地里,三百头肉牛在牛圈里反刍,三百头肉猪在猪圈里呼噜噜响。鬼仆人在老爷那里停了下来，自我推荐作打谷者。

"你独自一个吗？"老爷问他。

"独自一个怎样，您别管了。只是您要不要打粮食？"

"我的确要打粮食。你要什么作报酬？"

"没什么，老爷，只要我一次能扛走的东西。"仆人答道。

"喏。"老爷想，壮汉一次扛不走多于一百公斤的东西，就表示同意。

近半夜时，鬼用手指吹口哨，整个地狱的鬼都跑到粮垛来。鬼向自己的同伴说明究竟是怎么回事以后，他们就动手干起来，因此天亮以前一切粮食都已打好、扬净、运走和装在口袋里。

天刚亮，打谷者就向老爷报告，要他去看劳动成果。老爷虽然对活干得那么快不免感到惊奇，但他是满意的，因为一切都做得好，于是他就对打谷者说，叫他拿走打谷的报酬。

可爱的年轻人叫人把口袋放到宽阔的肩上。老爷的长工往他肩上装了整整一百袋，可他只是耸肩，向后瞧并问，为什么停止装货。

"难道你还不够吗？"老爷问他，他的声音颤抖。"够什么！"打谷者笑道，"你们尽管再装。你们看得见，我扛着那些口袋，还能往上跳。"

他们就继续装,直到把一切粮食都装到他的肩上,他还能站着。老爷的头发因感到恐怖而竖立起来,不过随后他问道:

"喏,难道你还不够吗?"但打谷者又笑起来并说道:

"我们一起商定,我一次能扛走多少,就拿多少。如果已经没有粮食,您有什么,就装什么。您可看见,我扛着这些,还能往上跳。"

一百头肥猪涌出猪圈,打谷者把一切都背在背上。

"喏,见鬼,这对你来说也许已经够了吧?"老爷怒气冲天。

但鬼只是笑,他轻轻稍微往上跳,叫继续装。老爷的脸改变颜色,他的双脚发软,但协议是这样的,他不能背离协议。

"你们把一百头肉牛放出来,"他对长工叫道,"那些他大概扛不走!"

但打谷者把那些牛也扛上,当面对狂怒的老爷发出微笑,开始跑起来,好像不扛什么东西,跑去找自己的主人。

"喏,当家的,我给您扛来打谷的报酬。"他从肩上把东西卸在伐木工的小屋前。"我想,即使我现在离开您,因为我给您干活一年就要结束了,您已经不必担心会挨饿。您不必像从前那样,只把一小片面包装入口袋带到山中,而说不定哪个鬼又从口袋里掏走您的面包。""真的,如果那块而包当时不是自己钻进地里,必定是鬼把它拿走了。"伐木工回忆说。

"是呀,当家的,您要知道,我就是那个鬼,我那时偷了您的东西。在地狱里,他们对我作出判决,我为此必须给您干活一年。我想,我是好好干的,补偿了那片面包。希望您在这里过得好,君子不记小人过。"

这时,在房子周围出现了某种奇怪的繁忙景象、沙沙声和脚步声,这是仆人的地狱同伴来找他。

24
蛤蟆的教母

三个姐妹在草地上散步,碰到一只腆着大肚皮的大蛤蟆。

"哎哟,讨厌鬼,吓了我一跳!"老大叫道。

"我们要打死这个丑八怪,让它不能在这里绊我们的脚!"老二说。

两人已在寻找用来打死蛤蟆的东西。但小妹妹不赞成这么做。

"喂,你们别打死它,姐姐。它也是上天创造的,我们别碰它,让它活着。"

两个姐姐对此哈哈大笑,大姐说:

"我无所谓,但是你要对它做点什么,别让它在这里吓我们。"

"我甚至觉得,它要生小蛤蟆,既然你这么袒护它,你去给它的小崽子当教母怎样。"老二对她挖苦道。

"为什么不?蛤蟆也是上天创造的。"小妹妹说,她的眼里蓄满泪珠。

过了七个星期，三姐妹早已把蛤蟆忘记了。有一天早上，来了一位装束漂亮的青年人，对小妹妹深深鞠了一躬。

"我应当向您转达我老爷和太太的问候，并请您亲自登门拜访他们。马车停在门前，等着您。"

两个姐姐惊奇得差点变成化石，小妹妹赶快拿点东西放进包袱，坐上金马车。四匹黑马像旋风一样飞奔，两个姐姐激动地望着马车远去。

金马车停在巍峨的庄园前面。庄园朝东和朝西各有二十四个窗户。每个窗前长着一棵金树，每棵树上栖息着一只金鸟。小妹妹走下马车时，金鸟唱歌欢迎她，歌声在空中飘扬。

然后，人们领她走过许多走廊、大厅和楼梯，来到一个一切都闪着金光的非常华丽的房间。蛤蟆躺在金床上的丝绸鸭绒被里。它发出呻吟，呼吸困难，不过一瞧见来者，立刻转向她并说：

"您曾经答应，要来我这里当教母。我想了解，你是否信守诺言。"

只有现在，小妹妹才想起散步时遇到蛤蟆那件事。她记得清楚，她当时说了什么，根本就没有放弃。

"为什么不？"她点头道，"你也是上天创造的。"

这时，蛤蟆生了一个漂亮的儿子。接生婆把他洗好和包好后，蛤蟆说：

"抱走我的孩子，亲爱的教母，把他抱去接受洗礼。"

教母双手抱着可爱的小男孩，到教堂去。

教堂的神甫刚给小男孩施行洗礼和祝福，蛤蟆的皮就破裂了，冒出一位美丽的太太。

教母双手抱着接受过洗礼的婴儿走出教堂，一个弯腰驼背的老妪就在门边挡住她，对她伸出干枯的手：

"啊，姑娘，你不要嫌弃穷乞丐，"她请求道，"你施舍给她东西！"

她从口袋里掏出一个银币给乞丐。老妪对她发出微笑并说：

"谢天谢地，姑娘，上天祝福你一百次。现在，你好好听我的话。你到庄园时，他们会提出要给你黄金、白银，但是你什么也不要拿，你随后只要一小撮女仆打扫的尘土。任何别的东西，你都不要接受，否则你就会变成蛤蟆。如果你要尘土，你就可彻底解救自己的教母，你也可过得好。"

接着，老妪就拍了一下手掌似地迅速消失不见了。随后，教母把婴儿抱到金色大厅，高兴、美丽的太太已在那里等她。

"欢迎，教母，欢迎你！"她说，"我就是你去给她儿子当教母的那只蛤蟆。"她被邀请去赴宴。

宴会结束后,美丽的太太说:"啊,我给你什么,以报答你的帮忙?你心里想要什么,就拿什么!"

但她说,她什么也不要,她只履行了自己的天主教义务。

"哎呀,怎么啦,我的好教母?难道我能放你空手走吗?你必须挑选点什么,你想要什么,就要什么,我一切都给你。"太太坚持说。

"既然不这样,你就不答应,"小妹妹最后说,"你就给我一小撮尘土。"

太太觉得不能这么做,反复说服她,但她坚持己见,于是美丽的太太就按照她的意愿做。

蛤蟆儿子的教母刚走出庄园大门,她包进手绢的尘土就发出悦耳的响声,因为每颗尘粒都变成沉重的金粒。此时此刻,对美丽太太的咒语也完全失去效用。

后来,金马车每年都来接小妹妹,以便她能同教子玩一玩,谈一谈。

25
长鼻子

一个老国王有个独生子。当他感到自己的末日临近了,有一天早上就把他叫到自己面前,有气无力地对他说道:

"亲爱的儿子!没什么办法,我们必须诀别。不过,谢天谢地,你已经有自己的智慧。我相信,即使没有我,你也会有办法,该怎么做,你就会怎么做。我只再劝你:对世界别太相信,你对它要小心谨慎,否则它容易欺骗你。我给你留下一个巨大的王国。你管理它要英明,它对你和你的臣民就会好。除此以外,我还给你留下一件比王国还伟大的珍宝,如果需要,你可在院子里的井底下找到。但是,你对它要慎之又慎。"

他已再也说不了话,只是又用手为儿子祝福,就断气了。

年轻的国王对父亲非常热爱和敬重,因此想为他举行最隆重的葬礼。他请来邻近国家的国王和许多贵族,把自己的一切财富用于款待他和举办丧宴。

宾客散尽以后,他看到,金库空虚,除了挖掘井底下的珍宝外,别无它法。他立刻叫人找到十二个大汉,命令他们动手干活。不过,他们一开始挖,镐头就蹦离岩石,火星四溅。

"你们尽管干!"国王催促他们。

大汉们甩开膀子尽力干,但没有取得一寸进展。

"喏,拿出男子汉的气概来,我多付给你们工钱!"国王鼓励他们。大汉们卖力干,可是只能从岩石上抠掉点儿。

最后,国王看着白费劲,觉得很难受,就回自己的房间,叫工人会怎么干,就怎么干。他在考虑,如果得不到珍宝,怎么办。他越想,就越使他生气。他生父亲的气,生自己和全世界的气。当他已完全失望时,有人敲门,是工人给他带来一个小木盒。

"这是我们最后在那块岩石里找到的。"

国王拿起木盒,把它从一侧翻转到另一侧,看到这只不过是个用普通木板钉成的木盒,木板已完全腐朽。"这就是珍宝!"不快的国王说,他把木盒摔到地上。腐朽的木板散了架,可看出,木盒里有钱袋、笛子、皮带和一张羊皮纸。国王首先拿起那张羊皮纸读道:

"谁抖动这个钱袋,他想要多少金币,钱袋就会给他倒出多少金币。"

国王没继续读下去。他抓起钱袋,开始在桌子上面抖动。整个桌子立即倒满金币。接着,他转向工人说:"你们终究是男子汉,我必须好好奖赏你们。拿好帽子!"他依次给所有的人抖满一帽子又一帽子的金币。工人们欢天喜地,表示感谢,各走各的路。

国王独自一人,继续往下读:

"谁吹这支笛子,他想要多少军队,多少军队就站在他的面前。谁扎上这条皮带,他想在哪儿,立刻就出现在那儿。"

年轻的国王想起父亲的警告,把这三样东西好好收藏起来。

几个月以后,年轻的国王感到抑郁寡欢,他想,结婚就好了。他穿上最漂亮的衣服,吹了吹笛子。一排排军队立即站在他的面前,他就跑去找邻国国王,他有个女儿正待字闺中。

当那个国王得悉,外国军队朝着他的城市涌来,他非常恐慌,因为他连想也没想到要打仗。

"我们怎么办?我们不能抵抗,因此我们必须请求。"国王想道,他迎着那支军队走去,非常屈辱地询问年轻的国王,他要什么。

"没什么,大人,"年轻的国王就此说道,"也可说实际上很多,要知道我是来贵处相亲的!"

所有的人高兴地叹了口气,国王把客人引入王宫,命令筹办盛大的宴会。相亲者喜欢国王的女儿,当她也老围着他转,兴高采烈的他就向她炫耀,他有个钱袋,他要多少金币,钱袋就会给他抖出多少金币。因为她父亲允诺把她许配给他为妻,他也把钱袋拿给她看。

但当所有的人都去休息,相亲者也睡得踏实,公主就偷偷走近他的衣服,拿走他神奇的钱袋,塞进另一只钱袋。

早上,年轻的国王道了别,匆匆忙忙回家筹备婚礼。他必须付款,于是就掏出钱袋抖动,但什么也没有!他一再抖动,可金币还是不往下掉。他更仔细地瞧,才发现这不是他的钱袋。他大发脾气,掏出笛子吹。军队即刻排成队列并问道:

"有何吩咐,老爷?"

"我们再去我们去过的地方!"

他跃上马,统率军队直奔邻国国王处。那里人们不免感到非常奇怪,他为什么突然回来,并跑出来欢迎他。不过他不大把他们的欢迎放在眼里,立刻尖锐地对他们说:

"这里有人拿了我的钱袋。把它交到这儿来,不然你们所有的人都会倒霉！"

"是的，我亲爱的，你把钱袋留在这里啦，"公主叽叽喳喳地说，"你来瞧瞧，它已经被藏在金盒里。你对它不必这么担心，须知你放在我这里，就像放在你那里一样。"

她就这么讨好他，围着他转，直到把他哄住，又举办宴会招待。

他们一起玩时，公主拔出他露出口袋的笛子，并以玩笑的话讽刺他，既然他口袋里装着笛子，他是不是在集市上卖戒指的。

"卖戒指？"他接着说道，"卖怎样的戒指？假如我愿意的话，我可一下子把你们所有的人连同整个城市变为齑粉。我一吹这支笛子，我要多少军队，多少军队就向我蜂拥而来。我家里还有一条皮带，你连作梦也想不到，"年轻的国王夸耀说，"当我扎上皮带，我想飞到哪里，立刻就飞到那里。"

对公主来说,不必说更多的话。当可爱的来宾睡着了，她悄悄接近他的衣服，从他的口袋里偷走笛子，把它带给父亲。父亲大悦，认为权力已掌握在其手中，马上命令士兵把年轻的国王捆绑在床上。天亮后，叫人把他带出王宫，鞭打出城。

年轻的国王艰难地回到家里，从那时起他说什么也安不下这颗心。他如此上当受骗,这使他非常生气,他对钱袋和笛子感到惋惜。他日夜费脑筋,考虑怎么才能把它们夺回来,不过没想出什么聪明的办法。只是有一天晚上他拿起皮带,把它扎在腰上,心想立刻要待在国王的女儿身边,以某种行动迫使她交出自己的东西。

当年轻的国王出现在公主身旁,她已躺在床上,不过还点着蜡烛。灵巧的公主蓦地从床上蹦起来,解开国王的皮带,并开始呼救。侍卫赶来,抓住不速之客,把他带到国王面前。国王命令把他关进最可怕的黑牢,并于第二天处决。

"啊,我的天哪,我碰见什么啦!"年轻的国王在狱中哭诉道。然后他想,既然他已应当离开世间,至少别让好奇者对其痛苦幸灾乐祸,他本人宁愿自杀。

他开始把头撞到笨重的铁门上,希望撞破头。正在站岗的士兵听到撞门声,对他说:

"喂,别那样,别那样,事情还没完!我曾经在你父亲那里服役过,我在他那里过得非常好。为此,我现在报答你。你好好听我的话!你往右拐紧挨着墙走,在那里你可找到一块从墙里突出来的石头。你把那块石头挪开,就会露出一个洞,通过那个洞你可爬到外面。"他对士兵表示感谢,一切按照他所说的做。他顺着墙走,搬开石头,便自由了。

早上，应邀的贵族开始聚集来看血腥的戏剧，当他们打开黑牢，发现人去牢空时，他已经越过许多山和水。

得救者走了又走，一直走到一片茂密的幼林。他疲惫不堪，躺到地上，就睡着了。当他醒来时，肚子饿得咕咕叫，于是他开始四处张望，看有什么可吃的。但除了几颗榛子以外，他真的什么也没找到。后来他还长时间在那片密林里转悠，最后来到一片林中空地，那里放牧着绵羊，不远处有座木棚。他感到高兴，向着木棚径直走去。

"上天赐福！"他在门道里问候道。

"上天赐福！"牧羊人答谢道。"您给我们带来什么？"

"可惜，我什么也没带，相反地，我想求你们给点吃的。"不幸的人说。

"我马上给您，心肝宝贝，您请坐。"牧羊人的妻子说，她一转身，他的面前就摆着一块干酪、一大片面包和一大杯羊奶。不必再让他，他就把一切吃得一干二净。稍事休息以后，他对那些善良的人表示感谢，就继续赶路。

随着他向前走，森林减少，岩石增多，最后他来到一座巨大的悬崖峭壁顶上，崖下是个很深的峡谷。他站在这里，心里想着自己的苦难：

"我宁愿死去,也不愿这么被人追赶而活着!"

他穿上风雨衣,从那座悬崖上跳下山谷,以结束自己可怜的生命。不过在他坠落时,他的风雨衣展开了,风把他刮到一片小树林。他挂在一棵树上,树上挂满非常漂亮的、已经成熟的梨。他立刻不再想死,摘了几个梨吃了。因为吃了那些梨,他的鼻子突然长得像喇叭一样!

"喏,我又免于一死,"他自语道,"一切不幸都冲着我来!我现在怎么办?"

他想爬下来,但因鼻子长下不来。不过最后终于勉强挤过树枝,出溜到地上。

令人奇怪的是,吃了那些梨以后,他开始感到非常渴。由于听到附近有小河汩汩的流水声,他就去喝水。但是,长鼻子妨碍他接近水面。于是,他就用双手掬水,一点点慢慢吸溜。

嘿!他一喝水,他的鼻子就缩小了。

他再喝,他的长鼻子就完全消失不见了。

"谢天谢地。"他高兴得叫起来。这时他想起了什么,禁不住笑出声来。

他摘了一些最漂亮的梨,放入口袋,用瓶子从那条小河里打了些水,向牧羊人借了裤子、上衣和帽子,在王宫的大门口驻足。

"你在这儿干什么,老头子?"女仆问他。

"我在卖梨。"他说。

女仆看到梨挺漂亮,跑去找王后,王后叫问要多少钱。

"十二个金币。"商人答道。

当他把金币装进口袋,他就开始逃跑,尽可能快地逃跑。

在王宫里,公主同王后一起立刻开始吃那些漂亮得出奇的梨,但接着她们就惊呆了。两人的鼻子长长了,一直长到地上。

女仆也是如此,她拿了那些梨,把其中一个偷偷吃了。

王后同公主起哭泣、叫唤,但她们的鼻子并没有因此而缩短,只不过是发红了。国王叫人马上把全世界的大夫请来,可是一个也帮不了她们的忙。他们给她们锯鼻子,锯了又锯,不过他们越锯,她们的鼻子长得越大。

大约半年后,城里不知从哪儿冒出了一个身穿黑衣、手拿拐杖的大夫。

"老天帮忙,"他透过篱笆叫一个在院子里除草的妇人,"你们这里有什么新闻?"

"啊,会有什么新闻,"妇人说,"只有坏消息。人们已经连笑也不许笑了。"

"这是为什么?"大夫问道。

"喏，大夫，公主和王后一段时间以前长出可怕的鼻子，如果有人笑，她们立刻就下令把他关进黑牢，因为据说他嘲笑她们的鼻子。让她们因长鼻子而气恼！"谁也帮不了她们的忙吗？"大夫又问。

"噢，来了许多大夫，名医，挺吓人的，可还是束手无策。"

"喏，如果我治不好她们的病，"大夫最后说，"我情愿被砍头！您只管去向国王报告我所说的话。这个金币是给您的报酬。"

妇人对得到金币感到高兴，跑去向国王报告，说她那里有个大夫，发誓要帮助王后和公主治病。

当他们把可爱的大夫带来，国王问他，是不是需要点什么。

"我只需要您把患者完全交给我。"

他为了显示自己内行，叫他们给某个仆人吃一个那种梨，然后他做给他们看，他怎么治病。

一个仆人吃了一个梨，他的鼻子马上长得像一段木材。

"给你，"大夫说，并给仆人一口那条小河的水。"服这种药对你来说就足够了，因为你的血液稀。"当仆人把水吞下去，他的鼻子就缩小到原来的大小，所有的人都惊奇得叫起来。

现在，大夫开始给女仆治病，他说：

"她的血比较厉害,我们必须稍微使它弱化,以便使我的药能更好地发挥功效。把鞭子递给我!"

女仆不得不把衣服脱得只剩下一件衬衣,大夫不断用鞭子抽她三天。三天以后,他给她一点那种水,长鼻子一下子就消失不见了。

公主愿意尽早带着漂亮的鼻子在公众面前露面,但大夫先给王后治病。

为了使她厉害的血液弱化,他折磨她六天,鞭打中间还用盐水浇她。第七天,他给了她一口那种出了名的药,大鼻子就消失得无影无踪。

最后,也轮到公主。为了使她年轻火爆的血液冷却下来,他鞭打她九天。她着实已不止一次昏倒过,也想放弃治疗,但母亲安慰她、哄她,要她忍受那些痛苦。最后一天,公主跪下哀求大夫结束折磨,开始答应他,如果他不再鞭打她并治好她的病,她将嫁给他并送给他大的珍宝。

"怎样的珍宝?"大夫问。

"世界上独一无二的珍宝。"公主说。

她拿出金盒子,从中取出钱袋并说:

"这个钱袋是这样的,如果您抖它,您要多少金币,它就给您倒出多少。如果您吹这支笛子,您要多少军队,它就给您招募多少。如果你扎上这条皮带,您想到哪儿,您一下子就到那儿。"

她说完就把钱袋、笛子和皮带递给他。大夫把一切都好好地保存起来,然后脱下大夫的黑衣服,下面穿着自己的国王服,他说:

"我就是你们叫人用扫帚赶出城的那个国王,就是你们要下令砍头的那个可怜人,就是你们从他那里买极其漂亮的梨的那个人,我就是不必进行任何折磨,只用瓶里的水,转瞬间就能把你们治好的那个大夫。这些你还给我、仅仅是为了使我不再用鞭子抽你的东西,过去、现在和将来都是我的。鉴于你滥用了我的信任,那个大鼻子将留给你,直到寿终正寝。"

这时,他想回到自己的王宫,立刻就出现在那里。但从那时起,他就比较小心谨慎,正如他父亲在病榻上劝他的那样。

26
小船工与先知

有一回，一个国王乔装打扮成普通的香客，出发到各地去，因为他想看一看和试一试，人们过得怎样和怎么生活。过一段时间，他在回家途中，在荒山野岭里遇上天黑，那里只有一座伐木工的小屋。不过，伐木工的妻子正要分娩，因此伐木工把国王领到阁楼上，让他在那里歇息。

疲倦了的国王已闭上眼睛，但下面大声的谈话又把他吵醒。当他把耳朵贴近地板，他清晰地听到，一位妇人一那是个预言者，要带男孩去接受洗礼一说："这个男孩将非常幸福，将以也是今天晚上诞生的邻国国王的女儿为妻。"

这时国王突然想起，他就是那个邻国国王。他本来非常想赶快跑回家，但刚刚诞生的伐木工的儿子要做他的女婿，这使他不得安宁，因此他就留下来，考虑到底怎么办。

早晨大家起床时，他就开始说服伐木工及其妻子，要他们把男孩交给他照看，说这么可爱的小孩应当得到比他们所能给予他的更好的关照。又说其父母为此要什么，他就给送什么，他将把其儿子培养成少爷。

不过伐木工及其妻子早就盼望生个小孩，因此不愿意把小孩给他。但当他最后告诉他们，他是国王，并许诺小孩在他那里会真正过得好，他们尽管不愿意，还是同意了。此后国王便离去，行前说要派仆人来接男孩。不久以后，一辆马车真的停在小屋前，国王的仆人从车上走下来。他给小孩的父母带来满车礼物，把小孩连同摇篮一起抱到车上，就走了。但是，他一翻过一座小山头，就拐到一条大河，把小孩连同摇篮一起抛进水里。然后他回到王宫，向国王和王后报告，他执行了他们的命令。

不过，小孩并没有被淹死，而是躺在摇篮里，像坐在小船上，顺着河流向下漂流，一直漂到一座大磨坊。摇篮在那里卡住了，磨坊主把它捞上来。当他在那里捡到可爱的小男孩时，他是多么高兴啊。由于没有亲生的孩子，磨坊主的妻子和磨坊主都非常喜欢小男孩，后来对他视同己出，悉心加以抚养。因为小男孩是沿着河流漂来的，他们叫他小船工。

岁月流逝，小船工长成规规矩矩的后生，对自己养父母的一切关心爱护以善相报。

有一天，国王出去打猎，停在那座磨坊旁边，要喝点水。

"小船工，给国王陛下端水来！"磨坊主叫小伙子。小船工给国王端来了水，而国王对他瞧了又瞧，他觉得好像已在哪儿见过这张脸。

"你听着，磨坊主，你原来没有孩子，从哪里弄来这个小伙子？"国王问道。

磨坊主照实讲，他十多年前从河里捞起男孩，把他叫作小船工，他对他们来说就像亲生儿子一样。

国王对伐木工的小孩没死、谶语可能应验感到生气，不过他不露一点声色，若无其事地转向磨坊主，询问能否派小船工到王宫去给王后送信，据说他出来打猎前，忘记对她说什么。磨坊主表示同意，小船工因要为国王送信而高兴得跳起来。他穿上节日的盛装，片刻以后就带着信件向王宫跑去。

在他奔跑时，有个妇人叫他：

"小船工，站住，你的教母叫你！"

"我不知道，我的教母是谁！我只知道，我现在没时间玩，因为我必须把国王的信送到王宫。"小船工说道，继续跳过小山毛榉和树桩，以便尽快到达王宫。但他的教母，在摇篮边预卜了他的命运的那个预言者，把伸手不见五指的黑暗笼罩在他的头上，使他紧闭双眼酣睡，因而他根本不知道自己出了什么事。而教母则毫不拖延地从他的口袋里掏出信件。

"亲爱的王后,"国王在信中写道,"如果你爱我的话,在这个信使到达以后,你就立刻下令把他干掉。"教母在背后把信从右手传到左手,信中所写的内容遂变成:

"亲爱的王后!如果你爱我的话,在这个信便到达以后,你就立刻下令让他同我们的女儿结婚。"

教母把信放回小船工的口袋,驱走黑暗,使他走出梦乡,小船工什么也不知道,继续往前跑。

王宫的人高兴地接待英俊机灵的小伙子,当他们让国王的女儿同他结婚,她根本不反对。小船工只是瞧着,对发生的事情惊奇不已。

国王打猎归来,得知小船工不仅活着,而且同他的女儿成亲。国王气得暴跳如雷,但王后把信拿给他看,信中真的写了应当发生业已发生的事。

"我看得出,"国王最后说,"既然举行了婚礼,我几乎已无能为力。但是,只要你不给我送来可怕的弗拉特柯的三根金发,你就甭叫我的女儿是自己的妻子!"当王后和公主听到这话,她们哭开了,认为小船工在去找弗拉特柯途中或在他那里必死无疑。但国王毫不让步,小船工答应将尽一切努力,争取回来,如果上天保佑的话,他将使她们免于垂泪。

小船工走了又走,一直走到一个城市。他在街上碰到的每一个人,眼里都含着泪水。

"出了什么事,善良的人,致使你们所有的人都哭了?"他问道。

"我们怎么能不哭呢,"人们说,"在城里,我们只有惟一的一口井,它供给我们所有的人饮用水,但是井突然枯竭了,所以我们正在因没有一滴水而死亡。你到哪儿去?"

"我去找可怖的、无所不知的弗拉特柯。"小船工答道。

"好啦,年轻人,劳你驾,请你问他,我们的井为什么干枯了。也许能得到指点,然后我们的眼泪才会干。"

小船工答应他们,继续向前走。他来到第二个城市,所有的人也都在哭泣。

当他问他们,发生了什么事,他们告诉他,他们的一棵产漂亮而有益健康的水果的树枯萎了,先前每个病人一咬该树的水果,水果就把他的病治愈。因此,现在,如果有人一生病,病人和健康人就哭泣。小船工也答应这些人,他在弗拉特柯那里也将为他们做必须做的事。

他又走呀走,一直来到一条大河边,远远近近既没有跨过河流的桥梁,也没有浅滩。他看到一个年老的摆渡工，于是就求他把自己送到对岸。

"如果你到了河的那边，"摆渡工说，"找弗拉特柯并问他，我应当怎么摆脱这种摆渡的活计，我就把你送过去。因为正如你所看到的，我已经老态龙钟，桨划不动，只有痛苦和哭泣。"

"我将感激你并去找他，"小船工说，"须知我也是出来找他的。"

于是，他们就上船，摆渡工把他送到对岸，并答应在对岸等他。

小船工走了又走，一直走到一座大石崖，弗拉特柯就住在其中。幸好他不在家，只有他母亲坐在门道里。"上天赐福，大婶。"小船工问候道。

"上天赐福，孩子，"老妪对他答谢道，"你来干什么？难道你不知道，谁到这儿来，谁就会死？"

"啊，好大婶，您可怜可怜我和世上在哭泣的人吧。要知道，我来这里是为了帮助许多人。"

然后，他对她讲述了他和他碰到的人所发生的一切。老妪对人类这么多的苦难落下了眼泪，答应他说，她将同儿子办理一切。她把小船工扣在角落里的大木桶下，命令他在那里什么也不能说、只能听，不论其周围发生什么。

小船工刚刚藏好，弗拉特柯就飞到家，并立刻要吃饭。

母亲给他吃饱吃好,然后他把头放在她的怀里,让她挠自己的金发。她挠呀挠,拔出他的一根金发。

"喂,妈妈,您别揪我的头发呀!"弗拉特柯说。"啊,我只稍微打盹,没有注意。"母亲说。"可是你知道,我在那一刻梦见了什么吗?"

"您梦见了什么?"

"能梦见什么?各种小的纠葛。"母亲故意说得轻巧,不过同时又要引起儿子的注意。

"既然您开始说了,就把它说完!"弗拉特柯坚持道。

"好吧,有个城市的惟一的一口井枯竭了,现在人们因忍受干渴的煎熬而泪流不止。"母亲说。

"喏,这的确是件令人不快的事。他们那里井底有只大青蛙,蹲在泉眼上。当他们把它除掉,井里又会出水。"弗拉特柯说。

片刻以后,母亲又拔掉他的第二根头发。弗拉特柯震动了一下,挺冲地说:

"喂,妈妈,您别抓我!"

"喏,你别生气,"母亲对他说,"我又打瞌睡了,梦见有个城市的人为一棵树而哭泣,那棵树不再为他们结出漂亮而有益健康、能够治病的水果。"

"喏,那些人不知道,树下有条蛇,必须把它挖出扔掉。"弗拉特柯又睡着了。

过了一会儿,母亲又拔掉他的第三根头发,然而弗拉特柯已经生气了:

"喂,妈妈,这太过份了。如果您要这么揪我的头发,我宁可不让您挠了。"

"喏,我不打搅你了,"母亲说,"只是我在打盹时想到,我们的那个老摆渡工怎么能摆脱摆渡的活计,要知道他已经无能为力,因这一切痛苦而充满悲伤。"

"如果他不会把桨塞到第一个要摆渡的人手里,他就将永远这么出没在风波里。"弗拉特柯边打盹边嘟囔道,随后就悄悄入睡,一直睡到天亮。

藏在木桶里的小船工听到了一切,当老妪把弗拉特柯的三根金发给他,他表示深切的谢意,并走上归途。他向着河边走来,摆渡工老远就叫他:

"喏,你给我捎来什么主意?"

"您把我摆渡过去,我再告诉您。"小船工答道。老头不干,只要不了解弗拉特柯请他转告自己什么话,就真的不把他摆渡过河,但小船工对他说:

"您还是先干活,然后再要报酬吧。我为了听到这些话,差点付出生命的代价。只要您不把我送过去,我什么也不说。"

这样,老头才让他上船,把他送过河。当他们已到达岸边,灵巧的小船工迅速跳上岸,从河边继续往前跑一段距离,再对摆渡工叫道:

"弗拉特柯说,当您把桨塞到最近要摆渡的人手中,那时就可摆脱这个活计。那个人以后将替您当摆渡工。"摆渡工起初发了脾气,甚至还把桨朝小船工扔去,但后来他自言自语,已有人来要求摆渡,随后他便可按照弗拉特柯劝他的那样去做。

小船工继续走自己的路,一直走到有株枯萎的树的城市。他叫人把蛇从树底下挖掘揪出,树开始发绿返青,开花结果。大家立即笑逐颜开,人们给小船工送来许多礼品,他几乎带不走。

他继续往前走,一直走到有口枯竭的井的城市。他叫人把井冲洗干净,把青蛙从泉眼扔到河里,井又注满清凉洁净的水。人们马上停止哭泣。那个城市的国王下令套上四匹骏马拉的马车,以便使小船工能拉走人们因为高兴而给他送来的一切礼物。

关于小船工归来的消息传得比他本人走路还快,因此国王、王后和公主都出来迎接他。当小船工把弗拉特柯的三根金发献给国王和国王看到马车以及那些漂亮的礼品,国王就按照欢迎女婿的礼仪欢迎他,而没有阻拦他拥抱妻子和吻干她的眼泪。

然后，他们举行宴会，以示热烈的欢迎，小船工叫人接自己的养父母即磨坊主及其妻子和从伐木工小屋接生身父母来参加宴会。后来，所有的人生活在一起，其乐融融。

27
戴讷讷

有一个小伙子孤零零的独自一人,住在一间小破屋。他的父母相继去世,因此他没有一个家。

有一段时间他非常孤单地自个儿过,随便过着猪狗一般的生活。但对这样的贫困和孤独他忍受不了太久,于是就决定到外面去闯。

他手里拿根棍子,无目的地信步走了又走,一直走到一座崇山峻岭中。他已看不见有任何道路可走,四面八方都是树木茂密翁郁的山。

"听天由命吧,"他想道,"要怎样,就怎样。"他继续往山里走。他这里那里转悠气,直到非常疲倦和饥饿。他正想坐下稍微喘口气,突然有人从背后抓住他的肩膀。这是老妖:

"你怎么敢到我的山里来?"

小伙子由于恐惧对他讲,自己无亲无故,因此外出流浪,可是在这座山中迷路了。

"喏,既然这样,你什么也别怕,跟我来。"老妖说着,绕道把他带到自己住的房子。

老妖给他吃饱喝足,然后问他会不会读书。小伙子在父母在世时学会了读书,但似乎有什么东西悄悄告诉他,这不应当透露,因此他对老妖说,自己不会读书。"那更好,"老妖说,并马上开始说服他,要他留在他那里干活。"你在我这儿能过得好。你会有吃的和喝的,活也轻松。我不在家时,你将为这些书掸去尘土和管理房子。但是,对任何书籍和第二个、第三个房间,你连只瞧一眼也不许瞧。"

小伙子没有多加考虑,就表示同意,因为不然的话,他也无处可去。老妖在世界各地流浪,有时好几个星期不回家。在这期间,可爱的仆人好好为那些书除尘,打扫房子,不过因独自一人,他也开始感到在这里枯燥无味。于是,有一回他突然想看看,那些书里写的是什么。

他看一本书,那里写着:"喂,扬珂!假如你看那第二本书就好了!"

他打开第二本书,在那里读到:"喂,扬珂!假如你也看那第二个房间就好了!"

于是,小伙子忍不住打开门,看到那里黄金流成河。他伸进一个手指,整个手指就变成金色的。为了不让老妖知道发生了什么事,小伙子用旧布条包扎手指,好像是拉伤了。过了一会儿，老妖回来，马上发现仆人的手指用布包扎着。

"你的手指怎么啦？"他问道。

"啊，没什么，只不过稍微拉伤了。"小伙子搪塞道。

但老妖向他扑去，从他的手指上揪下旧布条。黄金闪闪发光，凶神恶魔好像附在老妖身上：

"你是个卑鄙小人！你就这么执行我的命令？"

他就这么诅咒谩骂整整两个钟头，直骂得天昏地暗。不过这一切总算像一阵雷声那样过去，他没把小伙子怎样，只是再次威胁他，使他不敢再这么做，否则以后他真的要倒霉了！

老妖后来又到世界各地闲逛，仆人给那些书籍掸去灰尘和整理房子。但他现在还不得安宁，那些书不断诱惑他。有一天，他又克制不了，打开一本大厚书，那里写着："喂，扬珂！假如你看第三本书就好了！"小伙子拿起第三本书，书中写道："扬珂！假如你到第三个房间去就好了！"

他忍不住，立刻跑到第三个房间去。他一把房间打开，就看到那里有许多人：一些是死人，另一些是活人，可是其中的任何一个也不动。在那儿的旮旯里站着一匹灰马。灰马走近小伙子并对他说：

"扬珂！你拿下放在架子上的油膏，把它涂在那些人的喉咙上!"

小伙子取了那种油膏,给那些人一个个都涂上,死者突然复活,另一些人开始会动。大家都感谢他,说他把他们从魔法中解救出来,并欢天喜地逃出来。那匹灰马又说:

"现在你就去,在金河里把头发弄湿,从衣柜里挑选最漂亮的服装!不过你在它上面要穿鼠皮甲克,头上要戴羊皮帽。在河边你还可找到一支笛子和一根魔棍。你把它们拿了,收藏好,并随身带梳子、燧石和火刀。然后再在你住过的房间中间吐口唾沫,关好门!我将在院子里等你。"

当小伙子按照灰马对他所说的把一切都做完了,他来到院子里灰马跟前,灰马对他说:

"你现在赶快骑上我。如果老妖赶上我们,你先扔梳子,然后扔燧石,最后扔火刀。"

扬珂骑上灰马,他们像出膛的子弹一样飞奔。但他们一离开,老妖就滚雷似地回家了。他用拳头打门并叫道:

"喏,开门,小伙子!"

不过门没有打开,只有唾液从房里叫道:

"我就来,马上就来!"

老妖又叫第二次和第三次,唾液每次都答道:"马上就来,马上!"

老妖失去耐心，使劲用身体推门，门倒了。可是仆人不见了，只有进第二个和第三个房间的门开着。老妖立刻发觉，究竟是怎么一回事，赶快追赶逃跑者！他本来肯定能抓住他们，但小伙子抛下梳子并说：

"山啊，山啊，你变成像这把梳子一样的山！"

马上就变。在他们的前面展现片美丽的绿草地，后面出现座树木密得像梳子的山。不过老妖好像只是在扫路一样，穿过那座山。

小伙子第一次回头瞧，老妖还老远。小伙子第二次回头瞧，老妖已在他们后面。小伙子第三次回头瞧，老妖已抓住他的马尾巴。小伙子迅速抛下燧石并说：

"山啊，山啊，你变成像这块燧石一样的山！"

立刻就变。在他们的前面展现了一片美丽的草地，后面出现一座好像由燧石构成的山。然而，假如老妖没有像剃刀一样越过那座山，他就不是老妖了。

小伙子一次往后看，老妖还挺远。小伙子二次往后看，老妖已快追上他们。小伙子三次往后看，老妖已揪住他的马尾巴。但扬珂还来得及抛下火刀并叫道：

"山啊，山啊，你变成像这片火刀一样的山！"

立即就变。在他们的前面展现一片美丽的草地，后面出现一座好像由钢构成的山。可是，老妖也翻过那座钢山。小伙子首次回首看，老妖还老远。小伙子再次回首看，老妖已在他们的脚后。小伙子三次回首看，老妖已揪住他的马尾巴。

扬珂再也没有什么可抛的了，不过幸而灰马已飞到老妖力量达不到的海边。由于没有逮住他们，老妖气得化作一摊污物。

他们飞越过那个海，来到一个城市。灰马在这里停下来，对小伙子说：

"这个城市有个国王，你可到他那里去干活。不过，我必须先对你说个事儿。我以前也曾经是个国王，但是那个老妖把我诅咒成灰马，关了许多年。你如果七年不说任何别的，而只说"戴讷讷"这个词，就可把我从这一咒语中解救出来。只有当在场的人中谁也不认得你是谁时，你才可以说话。"

小伙子答应灰马，说要帮它的忙，并成为那位国王的看家人。国王非常坚强有力和富有，他有三个漂亮的女儿。大女儿叫奥婕塔，二女儿叫阿涅塔，三女儿叫菲涅塔。小女儿是她们当中长得最俊的。

小伙子干活时既听话又卖力，因此人们都喜欢他。但不论何时人们问他什么，他总是只说戴讷讷，因而人们给他起个绰号叫戴讷讷。他总是穿那件鼠皮夹克，头上深深地戴着羊皮帽。

有一回星期天，大家都到教堂去。留在家里的只有菲涅塔，因为她生病了，还有看家人。灰马说：

"扬珂！脱掉夹克和帽子，骑到我身上！"

满头金发、穿着华丽的小伙子骑上灰马，跑进长着各种最珍贵花卉的花园，把一切折断踩坏。菲涅塔当时恰好通过窗户往外瞧，看见花园里发生的事，但她什么也没说，只是感到奇怪，因为她非常喜欢那个小伙子。

当花园里一切都被踩坏，灰马像出膛的子弹一样飞出花园，并对小伙子说，要他再穿戴上夹克和羊皮帽。

当王宫的人从教堂回来，人们看见花园被毁，大家都问菲涅塔，发生了什么事。但可爱的菲涅塔隐瞒了她所知道的事。

第二个星期天，大家又出发去教堂，只把菲涅塔和看家人留在家里。灰马又对小伙子说：

"扬珂！脱掉夹克和帽子，骑到我身上！"

满头金发、穿着华丽的小伙子骑上灰马，灰马又跑进花园！它在幼苗上跑了跑、跳了跳，整个花园忽然变得比以往更美丽。菲涅塔对此又透过窗户看。

当父亲、两个姐姐和所有仆役从教堂归来，他们对那些争妍斗艳的花卉怎么也看不够，对那个花园一周周发生的事感到奇怪！菲涅塔现在也隐瞒她所看到的事，而穿戴毛皮衣和皮帽的看家人只说戴讷讷。

从那时起，可爱的菲涅塔的身体非但没有康复，而且一天天恶化下去。她不愿意接受任何人送来的饭食,只吃看家人送的,因为她认出谁骑着灰马跑进花园。有一回,扬珂给她送午饭,她问他,是否除了那个戴讷讷以外,果真什么也不会说。

"我会说,但是我不能说。"扬珂说。

菲涅塔听到这话,她的病马上就痊愈了。可是,可怜的灰马伤心地欢迎小伙子:

"扬珂,扬珂!你干了什么呀?因为你对公主所说的那些话,你还必须装作哑巴五年,而且,如果从现在起,你嘴里哪怕只再说出一句话,不仅我永远被诅咒当灰马,而且我和你的日子都会不好过。"

小伙子感到非常难过,可是这毫无用处,什么也不能向后退。

公主们已到了出嫁的年龄,因此国王有一天对她们说,她们必须自己挑选新郎。他给每个女儿买了一个金苹果和一块红手绢,并下令宣布,要富有英俊的小伙子聚集到宫殿里来,说他女儿将从他们当中挑选夫君。听到这一消息,许多年轻漂亮的少爷蜂拥而来,一个比一个穿得华丽。接着,国王把自己的女儿带来,并对她们说,要每个女儿把金苹果包在手绢里,喜欢谁,就投给谁。

奥婕塔和阿涅塔环视小伙子,按照父亲对她们所说的那样做。下面轮到菲涅塔,但她一直只是站着,反对把苹果投到某人头上。国王起先请求她,后来对她进行说服,但最后大发雷霆,下令把仆役中的一切脏人包括那个看家人带来,并以把她关进黑牢相威胁,命令她从他们当中挑选。

国王这话刚刚说出口,看家人手心已攥着手绢包着的金苹果。

心中不悦的国王不说一句话,只是转向大女儿和二女儿的那两个骄傲的夫婿,邀请他们同其他的少爷一起到一个大厅,在那里为他们举办了宴会。他叫人把菲涅塔同看家人一起送到一座破旧的小屋,不愿意再听到关于她的消息。

于是,奥婕塔和阿涅塔就同自己的夫君一起住在华丽的宫殿里,而菲涅塔则同看家人扬珂一起住在破旧的小屋里。有一回,扬珂的连襟出发去打猎,灰马说:"扬珂!你的连襟去打猎。你也到山里去,带上笛子,在山中吹笛!但是,要让连襟认不出你来,你要穿上猎装!"

那两人在山里走来走去,什么也没打着。但当扬珂吹起笛子,有 12 只漂亮的小鹿立刻向他跑来。他逮住其中的 6 只,把另外 6 只放归自然。这时,他的连襟来了,央求他把那些漂亮的小鹿给他们。他把小鹿给了他们,他们非常骄傲地把小鹿带到国王面前。国王大悦,因他们给他带来活的动物,他马上下令圈出一块草地和森林作为养鹿场，对自己的女婿赞不绝口。

过一段时间，那两人又出发去打猎，灰马派戴讷讷跟在他们后面。他们这次也打不着什么，但扬珂一吹笛子，十二只漂亮的野鹿立即朝他奔来。他这回也活捉六只，把另外六只放归自然。当他同一群野鹿站在一起，两个连襟向他走来，并说好话，要他也把那些野鹿给他们。

"我可把野鹿给你们，"扬珂说，"但是这次已不能白给。"

"好，你要多少？"那两人问。

"不多，"戴讷讷说，"我只在你们的前额上打个戳子！"

连襟对他的特殊要求感到奇怪，可是他们不必为此花一分钱，所以就同意了，他就在他们的前额上盖了印。国王这回对那些漂亮的野鹿也非常喜欢，立刻把它们放进养鹿场，在每个人面前都夸奖，他的女婿多么能干。戴讷讷暂时还在自己的小屋里默不作声，不过他同菲涅塔一起即使在贫困中也过得挺好。

此后不久，爆发了战争。由于国王已年迈，他派女婿代替自己，统率大军参战。这时，灰马对扬珂说："你要穿上漂亮的服装，带上从老妖家里拿来的魔棍，我们一起投入战斗。你可把魔棍当作马刀使用。"满头金发、穿着华丽的小伙子骑上灰马，他们飞向两军在战斗中会发生冲突的地方。两军已发生冲突，敌军对国王的军队占上风。骄傲的女婿恰好勒马掉头逃跑。

这时，戴讷讷骑着灰马飞奔而来，冲到战斗最激烈的地方。他用魔棍左右抽打，打着谁，一下子就完蛋了。而没被那根魔棍打着的，就开始逃跑。国王的女婿感到惊奇，从哪儿来了这么一位勇士，当一切都结束了，他们感激地叫他，要他同他们一道去见国王。但他只对他们表示感谢而已，不过他答应一年以后肯定会来。他骑着自己的灰马掉过头，从他们的视线里消失了。

一年以后，扬珂又穿得漂漂亮亮，骑上灰马，飞奔到王宫里。在那里，人们差点用手把他抬起来，老国王立刻命令举办盛大宴会。

当人们大吃大喝、饮酒作乐时，国王忍不住又夸奖，养鹿场里的动物多么漂亮，这是他超群出众的女婿给他逮着送来的。

"啊，是他们自己逮住的吗？"戴讷讷感兴趣地问道。

"的确是他们自己逮住的。"国王和女婿立刻骄傲地说。

"你们前额上有什么东西？"戴讷讷拨开他们的头发问道，并给国王讲述，他的女婿是怎么被打上那些戳子的。女婿还好没被羞愧之火烧死。

然后，戴讷讷问国王，只有这两个女儿，或者还有更多的孩子。国王最后对他承认，还有第三个女儿，不过她给他带来奇耻大辱，因此他不想见她。然而戴讷讷开始求他叫人把她叫来，说他很愿意见她。

国王犹豫不决，不过因勇士多次请求，他最后同意了。片刻以后菲涅塔来了。扬珂站起来，迎着她走去，抓住她的手，把她引到国王跟前：

"走，亲爱的，你的父亲要给我们祝福。"

大家才终于明白了究竟是怎么回事。

这时，门打开了，一位身材魁伟、衣着华丽、头戴王冠的男子走进大厅。这就是那匹灰马，它被诅咒的期限刚到。此时此刻，扬珂到以前迷路的那座黑黝黝的大山，大山也变成一个美丽的国家，中间矗立着漂亮的宫殿。

解除了咒语的国王也已不太年轻，因此他非常喜欢自己的解救者扬珂，叫他同菲涅塔一起到本国，把王冠交给他，宣布他代替自己当国王。

28
马 太

从前有一个富有的磨坊主,他有七个石磨,每个石磨有七块磨石。关于他的消息传得老远,人们说他经常用大斗量金银币。磨坊主的妻子长得俊俏,远远近近没人可同她媲美。但这一切并没有使磨坊主感到称心如意,因为他没有后嗣。

他每三年就走远路去买新的磨石,有一回又出发了。他买了磨石,装到车上,慢慢回家。大约到半路时遇个陡坡,道路因下暴雨而被浸透。正当马向上爬时,所有四个车轮突然都陷入泥坑,直到快没顶。磨坊主鞭打马匹,但车子一动不动。

他从车上跳下,开始把鞭子甩得噼啪直响,六匹壮马再次使劲拉,不过车子只是更深地陷入泥坑。

"让马稍微喘口气,然后才能比较容易地把车拉出来。"磨坊主想道。

马喘了口气,再次用全力拉,可是一切都白费劲。

车子只是困在泥坑中。

"也许,"磨坊主说,"鬼在泥坑中把你抓住不放。""喂,我着实抓住不放,"鬼在车下说,"如果我帮你拉出来,你给我什么?"

"我不会吝惜。你要多少钱,我就给你多少钱。"磨坊主说。

"我不要钱,钱我有的是,"鬼耸肩说道,"你给我你在家不知道的东西。"

磨坊主作为一个好的当家人以为,他在家一切都知道,因此答应给鬼他所不知道的东西。

"好,"鬼说,"但是你要给我在字据上确认!"

磨坊主对此也表示同意。鬼给他扎破小指,磨坊主不得不用自己的鲜血在他的字据上签名。当鬼已拿到合约,他就抓住车辕,把车从泥坑中拉出来,如同拔根羽毛那么轻巧。

"24年以后我来要自己的东西!"鬼对磨坊主叫道,像雾一样消散不见。

磨坊主坐上车子,给马匹以要怎么走就怎么走的自由。可是他离家越近,脑子里就越琢磨,他在家时不知道的东西,可能是什么东西。但他白绞尽脑汁,什么也没想出来。当院子里响起哒哒的马蹄声,满心欢喜的妻子跑出来迎接磨坊主,他们互相投入怀抱,要知道他们已许久没见面。

在亲爱的妻子的怀抱中,磨坊主忘记了鬼、诺言和签字,然而他一跨过门槛,就发现床边的摇篮和摇篮里可爱的小男孩。这就像一把刀扎进他的心里。只有现在他才想起,当他离家时,妻子终于怀孕了。磨坊主哭开了,妻子和邻居也同他一起哭,因为他们以为,他是由于对生了盼望已久的儿子非常高兴而哭。

可是时光一天天、一月月、一年年过去,磨坊主总是愁眉苦脸的。可怜的妻子老是围着他转,老是求他告诉她,出了什么事,他每回都侧过脸去,不说一句话。小男孩不断长大,长成英俊聪颖的小伙子。父母送他去学习,他在学校的全体学生中总是名列第一。所到之处人们都喜欢他,对他夸不够,说他规矩聪明。不过小伙子长得越大,人们越夸奖他,他父亲就越愁眉苦脸。儿子见他这副模样,不止一次对他说:

"啊,亲爱的父亲,您为什么生我的气?告诉我,我在什么事情上不中您的意!"

这时父亲泪流满面,但这就是他的全部回答。他侧过脸去,又像起先那样只是难过痛苦。

当第 24 个年头即将来临,这犹如千钧磨石压在他的心上。夜晚他合不了眼,白天他只像行尸走肉。他忍受不下去,把妻子和儿子叫来,告诉他们,他多年以前在路上遭到怎样的不幸,怎么无意中把儿子写给了一个鬼。

磨坊主的妻子陷入绝望，泪流满面，可是儿子并不害怕。

"您别难过，亲爱的父亲，而您，妈妈，别哭！"他说。"我在上天的帮助下启程上路，也许能找到地狱，把那签名的字据从鬼的手里要回来。难道我白上了这么多年的学吗？"

但吓坏了的母亲对此连听也不愿听。

"不放你走！""上天保佑，别让你自己跑去落入魔掌。我一步也不放你走。"

"不，妈妈，"儿子说，"我不会坐等鬼来找我。如果上天保佑，我也可逃出地狱。我真的现在就走。"他拥抱了父亲和母亲，以上天的名义去寻找那个鬼和那个地狱。

他走了又走，一直走到一座树木翁郁的山。他在山里转悠许久，最后来到一片林中空地。空地中间矗立着一座房子，门前站着一个可怕的、手拿棍子的大汉。小伙子看到那个大汉时惊呆了，不过他还是走上前去，深深地鞠躬：

"上天赐福！"

"天劈五雷轰！"大汉吼道，"把钱拿出来，不然你就是死神之子！你要知道，我是马太，最有名和最可怕的绿林好汉。谁落到我的手里而不按照我想要的做，每个人都得灵魂出窍。"

"好的，但如果您把我杀了，您从中可得到什么好处呢？"年轻人问道。"我钱不多，不过我把所有的都给您。您能给我指明去地狱的道路吗？！"

"上哪儿？去地狱？"侠盗感到奇怪。"难道你要到地狱去吗？去干什么？"

小伙子对马太讲述，为什么要去地狱。

"既然这样。"马太说，"我就饶你一条命，钱你也可留着，但是你也必须为我做点事。你在那个地狱里瞧瞧，他们在那里为我准备了怎样的床，并问他们，我要摆脱那张床之苦，应当做什么。你要发誓，你将做到这一点，当你往回走时，在我这儿停留。"

小伙子感激地发誓，马太让他吃饱喝足，还把吃的往他的口袋里装。并且也把自己的马刀给他，说在某个地方可能对他有用。当小伙子离去时，他还在背后叫："别忘了那张床和从这儿回家！"

他越过山岭和谷地，碰到一个老乞丐。

"您好，大伯。"小伙子鞠躬。

"你好，"老汉答谢道，"你去哪儿，去哪儿？"

"我到地狱去索取父亲替我给人的欠条。"小伙子答道。"我已经走了挺长时间，可是我迷路，找不到地狱。您能否给我指点？"

"我可以提建议，小伙子，我愿意提建议，要知道我在这里只为了等你。你顺着这条路直走，可以走到一块一半从地里矗立起来的岩石跟前。岩石的右面有一口井，你在井边可看到三根野蔷薇的枝条。这是给你的圣水盘，你从井里打点水倒入盘内，然后折下那三根枝条，用每根鞭打岩石近处一次。当你鞭打时，那里的地就会打开。从那一刻起，你要紧紧抓住圣水盘和蔷薇枝。当你走进去，地随后就会合上，不过你别怕。在地狱中，在你的周围什么事都会发生，但是你不要四处张望，如果小鬼咬你，你就用圣水洒他们和用枝条抽打他们。你只管洒呀洒，向他们要那张欠条！你别怕，小鬼长时间忍受不了洒圣水，最后会把欠条交给你。然后你沿着那同一条路回来，又用每根野蔷薇枝条抽地，地会为你打开，你可安全无恙地走出来。你现在就出发，要遵守我对你所说的，再见。"

小伙子对老人表示感谢，就出发了。他来到岩石跟前，按照老汉对他所建议的那样做，地狱就打开了。这里真可怕、恐怖！在一个火堆上熔化树脂，在另一个火堆上熔化铅，在别的地方小鬼们用烧红的钳子夹撕和折磨罪人。不过他没有四处张望，只继续向前走。

可是小鬼们嗅他，聚集在他的周围，问他要在地狱中干什么，说如果他珍惜生命，就滚开！但他开始鞭打他们和往他们身上洒圣水，小鬼们疼得像蛇一样扭曲身体。

"我们怎么得罪你了？你为什么打我们？"他们对他大叫大嚷。

"我要打你们，只要你们不把我可怜的父亲无意中签名、从而把我许给你们当中的一个的字据还给我，我就不会停止打。"他只对他们洒圣水和抽打。

当小鬼们已不能继续忍受疼痛，他们就互相叫嚷："谁拿字据，就还给他！"最后表明，拿着字据的不可能是任何别人，只能是跛足的大鬼。

这样，小伙子就转过身来把圣水盘对着瘸子，而他的确不愿把字据交出来。小伙子失去理智，又开始向在这以前已挨浇的其他小鬼洒圣水，因而他们自己掉头反对瘸子。

"如果你不把那个字据交给他，我们就把你抛到马太床上！"他们大声叫道。

虽然瘸子在地狱中是最特别的，当他听到马太的床，就不再犹豫不决，把字据扔到地上。小伙子立刻把它捡起来，收藏好。

在那一片大乱中，他差点忘了答应马太的事，幸好小鬼们自己提醒他。于是，他又开始对小鬼们洒圣水和抽打。

"你这是干什么？要知道你已经要回了字据！"小鬼们吼叫道。

"我得到了字据，但只要你们不指给我看马太的床，我就不停地打你们。"

"我们不指给你看,因为我们办不到。我们这里是围着大锅转的,而马太的床在前面。"

于是,小伙子便放过在锅边干活的小鬼,继续向前走。他来到第二道火红的铁门前。

"开门!"他对掌管钥匙的鬼叫道。

"谁要进去,让他自己开。"小鬼说。

小伙子在他的两眼之间洒了点圣水,小鬼疼得大叫起来,小鬼从炉灰中把出钥匙把门打开。

小伙子走进去,这里一切都燃起火焰,不过不会焚毁。可是小伙子走到哪里,哪里的火焰就熄灭。

"马太的床是在这里吗?"他问道。

"不,"小鬼们用喉音说道,"还得向前走一道门。"

在第三道门,火蛇蜿蜒。在他洒圣水以后,小鬼也给他开门。门后一切像火红的熔岩一样咕嘟咕嘟作响。

"马太的床是不是就在这里?"小伙子问道。

床紧挨着门,只有床的一个角还露在外面。假如马太再打死一个人,整张床就会跑到里面。床上的一切也在沸腾,咕嘟咕嘟响,冒火星。小伙子拔出马太给他的马刀,仅仅在床上面挥舞了一下,手中就只剩下刀柄。

"唉,马太,马太,你躺在这里不会舒服。"他想道并向小鬼们问,马太怎么才能摆脱那张床之苦。

"这我们真的说不好。"小鬼们不愿说。

但他已知道怎么对付他们的方法,因此当他又对他们洒一会儿圣水,小鬼们就松口说:

"马太只能这么解脱:在他从那里看人的那块岩石上,用十指挖出一个坑,把他用来打人的那根棍子种入坑内。然后他必须光着膝盖跪着走,用嘴把水从井里送到那块岩石上浇棍子。如果棍子扎下根并长出青枝绿叶,马太的床就会散架垮掉。"

小伙子不需要更多的话,开始返回阳间。他走过几道大门,用野蔷薇枝条鞭打土地,幸运地回到光明的世界。

老汉已在井边等候他,问他事情办得怎样。

"噢,蛮好,大伯,蛮好。父亲签名的字据在这儿。马太要求我打听的问题,我也给他打听到了。现在我把圣水盘和那三根野蔷薇枝条还给您,衷心感谢您的帮助!"

"别谢我,小伙子,我只不过是个使者。但是你要感谢上帝,因为他亲自派我到这里来,要我帮助你。喏,你现在幸运地回家吧,再见!"

老汉刚刚说完话,就从他的眼前消失不见了。小伙子跪下,感谢上帝把他从毁灭中拯救出来。然后,他沿着那来时的路往回走。

他距离马太的家还有一箭之遥,马太就叫他:

"怎么样?你办了我们商量好的事吗?"

"办了。"小伙子说,当他走近些,就告诉他看见、尝试和了解到的一切。

"我看见了你的床，但是我对你实在不羡慕。你瞧，我只在床上面挥舞你的马刀一次，马刀就只剩下刀柄。"

马太脸色发白如纸，棍子从他的手中掉下，可能有生以来第一次叹道：

"啊，天哪，我的天！"

然而小伙子继续说下去，给他讲怎么才能解脱。

马太对一切都注意听，当小伙子说完，他表示感谢，说他履行了誓言，把他带到那块岩石上去。

"听着，小伙子，你说过你在上学，以后要当什么？"

"我将献身于宗教，要当牧师。"

"噢，这就好，"马太说，"如果上帝保佑，这根棍子扎下根并长出青枝绿叶，我就知道，我死后将升天。但是你必须再次在这个地方访问我，我必须向你忏悔。你要答应我。"

年轻人答应马太，说他会来，随后两人就分手了。

当他回到家里，那是何等高兴啊。但他在家没待多久，就去完成学业，成为一名牧师，后来，由于聪明和虔诚，又成为一名主教。

岁月流逝。主教有一回出发去看看自己的主教区，拜访自己的宗教界人士。当他们坐着车走时，马车夫不知怎么搞错了路，他们就迷路走进山中。风把令人愉快的苹果香味吹向了他们。

"去,"主教对仆人说,"找到那些香甜的苹果,给我送几个来!"

仆人走了,片刻以后来到枝丫繁多的苹果树前,树上挂了鲜红的苹果。他已伸手要摘苹果,可是突然听到:

"别摘,你没栽树!"但他没看见任何人。他由于害怕而往回跑,把所见所闻告诉主教。主教又把第二个仆人叫到那儿去,可是当仆人伸手要摘苹果时,又有人叫他:

"别摘,你没栽树!"

但那个仆人比较大胆,终究还是摘了一个苹果,可是血从苹果里顺着他的手往下流。他把苹果摔在地上,环顾四周,发现一个长有灰白长胡子的人,双腿只到膝盖,双臂只到胳膊肘儿。被吓掉魂的仆人往回飞跑,告诉看到和经历了什么。

主教猛然想起来了。那个人不可能是任何别人,只能是马太!他走下马车,亲自朝着苹果的香味走去。

"马太,你还活着?",当他从青苔里抬起垂暮之年的头时,主教问道。

"啊,我还活着,还活着,"马太小声说,"我在等你。你自己知道,你答应我什么,只要我没向你忏悔,我就不能死。"

他把扒岩石剩下的两个残臂放在一起,开始讲述自己的罪孽。

当他说打死谁时,总有一个苹果往下掉,变成一只鸽子,飞上天。这样,他就慢慢说出他干掉的所有人的名字,直到最后在最高处只挂着两个最大的苹果。马太不再说话,只是不断看着那两个苹果。主教起初以为,他想不起来,可是当马太挺长时间默不作声,就问他:

"你还杀了谁?"

"这我已不能说。"马太哭道。

"如果你不说,"主教说,他非常为马太惋惜,"你所承认和所做的一切就都白费了。如果你不承认最后一个罪孽,上帝就不会饶恕你。"

"啊,上帝啊,你饶恕我吧,"马太求饶道,"一个是父亲,另一个是母亲。"

那两个苹果也掉下了,两只鸽子飞上天。主教把一只手放在马太年迈的头上,宽恕他的罪孽,他在此时此刻静静地死去。

主教划十字,当他说阿门,从青苔里飞起一只鸽子,跟着其它的鸽子飞到天上。

29
维尔科与天堂的荣耀

从前有一个富有的老爷,他有个独生子维尔科。维尔科是个壮硕、健康、英俊同时又虔诚的小伙子,父亲非常喜欢他。除维尔科以外,父亲在世界上再也没有什么可感到欣慰的了。但有一件事叫他操心,就是维尔科不愿娶媳妇,尽管姑娘们对他还看得上眼。他总是说,等到看见天堂的荣耀以后再结婚。

父亲起初什么也不说,因为他想,儿子过一段时间就会改变主意,但当维尔科满25周岁,父亲就把他叫到自己面前并对他说:

"儿子,谢天谢地,你是个正经的小伙子,什么也不缺,只希望你结婚幸福。我已经老了,世界上能使我感到高兴的已经不多,不过我在你的婚礼上肯定会开心。结婚吧,儿子!你已经过了25岁了,对结婚问题还没有开始考虑。"

"我考虑过了,"维尔科说,"但只要我还没看到天上的荣耀,就真的不会先结婚。"

善良的父亲对维尔科的回答感到难过,不过他珍视他的虔诚,就不再说什么。维尔科对不能按照父亲的意愿去做感到惋惜,就到教堂去,祈祷上帝让他看到天上的荣耀,并在那里祈祷时请求父亲原谅。

时光一月月、一年年过去,但维尔科的愿望没能实现。因此他最后答应父亲,他将结婚,全国最美的姑娘应当作他的未婚妻。父亲高兴得立刻开始筹办婚礼,因为那应当是个人们从没见过的婚礼。

当举行婚礼的时辰到了,牧师已站在祭坛前,可爱的维尔科悄悄走到参加婚礼的客人中间,跑到自己的小教堂,最后一次祈祷,上帝是否能让他上天哪怕一会儿,使他在结婚前就看到天上的荣耀。当他跪着祈祷时,一位老态龙钟的人走到他面前问道:

"维尔科,你在这里祈祷什么?"

"我曾经发誓,只要没看到天上的荣耀,就不先结婚。但现在参加婚礼的客人同新娘一起已经在教堂里等我,而我还没看见天上的荣耀。"

"你真的非常想见到它吗?"

"啊,我想,大伯,我想!"

"喏,既然你非常希望见到它,把手伸给我!"维尔科把手伸给老人,由于那是个上帝的使者,顷刻间他们从世界上消失不见了。谁也不知道,发生了什么事,只是周围散发出令人非常愉快的香味,参加婚礼的来宾白白等候维尔科。

天使同维尔科一起,转瞬间飞到天门。在那里,他给他穿上天衣,放他进天。

谁也说不好,维尔科在天上过得怎样。只有一点是肯定的,他必定非常好,因为他忘却地上一切对他来说可爱的东西。而当天使来我他,说他应当往回走时,他觉得,他要在天上再呆一会儿,因此就请求天使,让他再留在那里个把小时。

第二个小时也过去了,维尔科还一直不想回到地上,于是又向老人求第三个小时。但天使后来说够了,维尔科不管愿意不愿意都必须走。天使把维尔科带到原先把他带走的地方,维尔科又下跪,感谢上帝给他看到天上荣耀的机会。

他刚祈祷完,就起立说:

"喏,现在我就愿意去参加婚礼。"

然而当他走出教堂,什么也不认得。他亲自叫人建造的小教堂,又黑又破旧,屋顶木板已腐朽。小教堂旁边三个钟头以前是座公墓,现在越冬作物在返青。过去河流淌水的地方,现在是条路。只有东面的那些巨石,还像从童年起就记得的那样矗立着。

"得啦,我回家去,"他想道。